O MANIPULADOR

GREENPEACE

A marca FSC é a garantia de que a madeira utilizada na fabricação do papel interno deste livro provém de florestas de origem controlada e que foram gerenciadas de maneira ambientalmente correta, socialmente justa e economicamente viável.

O Greenpeace — entidade ambientalista sem fins lucrativos —, em sua campanha pela proteção das florestas no mundo todo, recomenda às editoras e autores que utilizem papel certificado pelo FSC.

JEAN-PIERRE GATTÉGNO

O MANIPULADOR

Tradução:
ROSA FREIRE D'AGUIAR

COMPANHIA DAS LETRAS

Copyright © 2002 by Actes Sud

Cet ouvrage, publié dans le cadre du Programme d'Aide à la Publication Carlos Drummond de Andrade de l'Ambassade de France au Brésil, bénéficie du soutien du Ministère français des Affaires Etrangères.

Este livro, publicado no âmbito do programa de participação à publicação Carlos Drummond de Andrade da Embaixada da França no Brasil, contou com o apoio do Ministério francês das Relações Exteriores.

Título original:
Le grand faiseur

Capa:
João Baptista da Costa Aguiar

Foto de capa:
Henk Nieman

Preparação:
Amelinha Nogueira

Revisão:
Cláudia Cantarin
Marise S. Leal

Dados Internacionais de Catalogação na Publicação (CIP)
(Câmara Brasileira do Livro, SP, Brasil)

Gattégno, Jean-Pierre.
O Manipulador / Jean-Pierre Gattégno ; tradução Rosa Freire d'Aguiar. — São Paulo: Companhia das Letras, 2007.

Título original: Le grand faiseur
ISBN 978-85-359-1057-5

1. Ficção policial e de mistério (Literatura francesa)
2. Romance francês I. Título.

07-4402　　　　　　　　　　　　　　　　　　　CDD-843

Índice para catálogo sistemático:
1. Romance : Literatura francesa 843

2007

Todos os direitos desta edição reservados à
EDITORA SCHWARCZ LTDA.
Rua Bandeira Paulista, 702, cj. 32
04532-002 — São Paulo — SP
Telefone: (11) 3707-3500
Fax: (11) 3707-3501
www.companhiadasletras.com.br

*Para Élie,
Raymond Chandler,
Christopher Marlowe,
Yves Saint-Laurent.*

1

Pertenço a uma velha família francesa.
Tão longe quanto a minha genealogia pode recuar, só há Marlaud terminando em A-U-D, ou A-U-T, ou A-U-L-T. Um sobrenome arraigado na história e nas tradições da velha França. Afirmaram, só para dar um toque de respeitabilidade a esse sobrenome, que Marlaud — desde que terminasse em A-U-X — poderia ser o anagrama de Malraux, o escritor-ministro da Cultura do general de Gaulle. Fingiram esquecer (ou então o desculparam, como se fosse um pecado de juventude) que Malraux tinha convivido com revolucionários, lutado ao lado dos republicanos espanhóis — coisas pouco apreciadas na minha família, chegada a um conservadorismo que desafia o tempo e a inteligência —, e só guardaram o lado chique do homem de letras e do político, ministro de um presidente de prestígio. Mas esse parentesco não pôde ser esclarecido e os Marlaud se conformaram em não ter nenhuma glória que viesse iluminar seus nomes.

Originários do Poitou, primeiro os Marlaud foram camponeses, servos tremendamente explorados. Mais tarde, houve Marlaud em cidades como Poitiers, Châtellerault (o que explicaria os Marlault, A-U-L-T) e Saint-Jean-d'Angély, onde ninguém se lembra deles. Foram pequenos comerciantes, foram fabricantes de tecidos, boticários, gente de poucas posses, que contava dinheiro, tostão por tostão. Houve também alguns padres, a quem foram entregues paróquias desertas. Alguns fizeram parte da pequena elite das personalidades locais, enquanto os mais pobretões trabalhavam como domésticos: palafreneiros, lacaios, cocheiros, ou como copistas junto aos tabeliães. Os que tinham espírito empreendedor abriram quitandas ou armarinhos. Às vezes, bazares de quinquilharias. Quanto aos Marlaud que ficaram no Poitou, tentaram ganhar a vida com a pecuária, mas tiveram que abater seus rebanhos por causa da doença da vaca louca e da febre aftosa. Conseguiram, então, emprego nos Correios ou na Seguridade Social. O que, para eles, foi uma espécie de promoção.

Sem ambição e sem cultura, longe das modas e das idéias, assim foram os Marlaud. Sempre a modelar a alma do que hoje se chama de França das profundezas. Essa do silêncio, da desconfiança e do imobilismo.

E eu descendia dessa gente.

Descendia pelo sobrenome.

Mas não tinha o menor orgulho da ascendência.

Esse sobrenome, porém, esteve na origem da aventura que mudou radicalmente minha vida. Que varreu como uma tempestade a espessa camada de mediocridade que a cobria e lhe permitiu enfim ter acesso à luz.

De um ponto de vista cronológico, a aventura tinha começado um pouco antes de meu nascimento. Anatole Marlaud, um de meus tios, responsável pelas certidões do cartório da prefeitura de Neuilly (um subúrbio chique do Oeste parisiense, quando na verdade ele vivia em Bagnolet, um subúrbio pobre do Leste parisiense), e grande amante de teatro e romances policiais, percebeu um dia que Marlaud podia vir de Marlowe, tanto o inglês como o americano, e por conseguinte dar ao nosso sobrenome o brilho que sempre lhe faltara. Essa hipótese, tão boa quanto qualquer outra, nos fazia entrar num ambiente de distinção com a pátina da tradição, e numa modernidade trazida pela high-tech e pelo dólar. A tradição *british* e a modernidade do *melting-pot made in USA*.

Por essas razões deram-me o nome de Philippe-Christophe. Philippe, em referência a Philip Marlowe, o detetive particular criado por Raymond Chandler, e Christophe em homenagem ao dramaturgo elisabetano Christopher Marlowe, que foi certamente o mais importante predecessor de Shakespeare. Quando se descobriu que o detetive particular era um desiludido impertinente, meio chegado demais ao uísque, e que o dramaturgo era um homossexual que freqüentava os lugares mal-afamados de Londres, gostava de manejar a navalha, se metia em negócios suspeitos de espionagem e tinha sido assassinado durante uma rixa — em suma, que nem um nem outro correspondiam àquele perfil de respeitabilidade e conformismo tão apreciado pelos Marlaud —, já era tarde demais: eu acabava de receber meus dois nomes na pia batismal.

Como se uma injúria dessas não pudesse ficar impune, o tio Anatole foi encontrado, doze anos depois (no dia 3 de maio de 1977, para ser exato), com uma navalha cravada entre as omoplatas. Um membro da colônia de ciganos recém-instalada em Bagnolet foi acusado do crime. Mas o homem não foi incriminado e a história parou por aí. Alguns, observando que o tio havia morrido em circunstâncias tão enigmáticas quanto o dramaturgo inglês, declararam que quem procura acha. Por motivos ligados a obscuras brigas familiares, alegraram-se com isso e enterraram às pressas o tio Anatole.

Eu estava longe de desconfiar que, bem mais tarde, circunstâncias inesperadas me levariam a investigar esse assassinato. Mas naquela época eu tinha mais o que fazer. De fato, embora já tivesse repetido a terceira série, era provável que me fizessem também repetir a quarta.

Chamavam-me P.-C. Marlaud.

Foi esse nome que, anos mais tarde, figurou na minha placa de detetive particular sem futuro, no sexto andar da rua Rodier, 23, no 9º *arrondissement* de Paris.

2

Será que eu tinha escolhido essa profissão por causa de meu ilustre homônimo criado por Chandler? Seja como for, era uma novidade entre os Marlaud. Eles podiam ter uma quitanda, vender carros na Daewoo, lava-louças na Darty, fazer um estágio de cabeleireiro num salão de Jean-Louis David, mas detetive particular ainda não tinham visto nenhum. O que não me impedia de manter a tradição familiar do fracasso. Pois essa profissão, muito corriqueira nos Estados Unidos, do lado de cá do Atlântico não era das mais estimadas. Considerado como um farejador de latas de lixo, o detetive particular arrastava uma fama pouco invejável de especialista em serviços sujos, profissional sem deontologia, disposto a tudo para ganhar uma graninha no fim do mês.

O essencial de minha atividade consistia em levar a maridos desconfiados a prova (de preferência fotográfica) da infidelidade da esposa. Também me acontecia — o que estava longe de ser uma sinecura — procurar adolescentes em fuga ou perdidos numa rave. No entanto, tive meu dia de glória quando o diretor de uma prestigiosa escola do Quartier Latin me pediu para investigar alunos suspeitos de vender maconha no estabelecimento. Descobri que era o filho dele que comandava o tráfico e que o garoto escondia o estoque na sala do pai. Contei isso a Félix Sarzosky, um amigo de infância. Ele não pertencia, como eu, a uma velha família francesa, mas partilhávamos uma sensação aguda de fracasso e um gosto muito pronunciado pelo uísque. Ele trabalhava para os tablóides de celebridades e suas reportagens quase sempre golpeavam abaixo da linha da cintura. No dia seguinte, a história da maconha foi manchete de seu jornal. Félix dava a entender que o diretor supervisionava o tráfico e se dirigira a mim para saber se seu filho não desviava, em proveito próprio, uma parte da droga. O diretor foi transferido para um colégio barra-pesada num subúrbio. Na semana seguinte, quando apareci em sua nova escola para receber meus honorários, ele me expulsou, sem me pagar. Félix tentou me convencer de que essa história seria uma boa publicidade para mim e que eu teria clientes saindo pelo ladrão, mas continuei a vegetar. A tal ponto que aceitei procurar o cãozinho que a tia Mathilde — viúva do tio Anatole — tinha perdido enquanto fazia feira em Bagnolet. Depois de ter vasculhado em diversos depósitos de cachorros dos arredores, encontrei o animal, vivendo dias felizes com um teckel, em Romainville. Considerando que era um caso de família, a tia Mathilde dispensou a retribuição de meus serviços. Em compensação, me convidou para almoçar num domingo, o que, por motivos de economia, aceitei. Fui brindado com uma retrospectiva completa da vida do tio Anatole, sua paixão pelo teatro e pelos romances policiais, seus problemas de próstata e seu alto valor profissional. Durante o café, ela me mostrou um livro de certidões pelo qual ele era responsável, no cartório de Neuilly; não tentei saber como o documento tinha ido parar na casa dela, e o folheei distraído, apressado em dar no pé.

Quando não estava fazendo uma investigação, esperava a clientela em meu apartamento no sexto andar na rua Rodier. Tratava-se da junção de dois ex-quartinhos de empregada. O primeiro servia de escritório. Tinha uma mesa de cor indefinível na qual ficavam um Mac Plus de tempos antediluvianos, uma pasta em couro preto e, claro, um telefone, equipado com secretária eletrônica. Duas cadeiras emolduravam a mesa. Uma para o cliente (o tipo de preocupação que levava clientes à minha casa raramente supunha que estivessem acompanhados) e outra para mim, um pouco mais confortável. As paredes eram brancas, decoradas com duas litografias compradas no Mercado das Pulgas — a primeira representava uma cena de caça na Sologne e a segunda, uma cena de pesca na Bretanha —, o chão era atapetado com um carpete cinza de motivos azuis, arrematado numa liquidação da loja Saint-Maclou. Num canto da sala, havia uma fotocopiadora sobre uma mesinha. Ao lado ficava um bar com uma garrafa de Glenmorangie, de dez anos (meu uísque preferido, embora estivesse acima de minhas posses), e dois copos. O conjunto era bem apresentável, contanto que a pessoa não fosse muito exigente. Destinava-se a criar essa impressão de competência e seriedade indispensável na minha profissão.

O outro aposento, destinado a meu uso particular, era mobiliado com menos esmero. Tinha um canto que era cozinha, um canto que era chuveiro, um canto para a cama e um canto com armário e cômoda. No início eu não acreditava que tantos cantos pudessem caber em superfície tão pequena, mas com o tempo acabei me acostumando. Tanto mais que eu recebia pouquíssima gente. Fazia séculos que nenhuma mulher aparecia por ali. A última, encontrei-a no Coin des Amis, o bar-restaurante embaixo, na rua Rodier. Seu rosto emoldurado por cabelos castanhos caindo soltos nos ombros, sua testa muito larga e muito pura, suas maçãs salientes lhe davam um falso ar de Greta Garbo. Depois de cinco minutos de paquera, eu lhe ofereci uma pizza e a convidei para ir à minha casa. Nunca soube se ela aceitou porque eu lhe agradava ou porque não tinha onde dormir. O fato é que passou aquela noite comigo, e mais algumas, e depois não voltou mais, e não entendi por quê. Chamava-se Christine, fiquei triste porque era uma moça bem legal.

Quando ela foi embora, meu apartamento me pareceu ainda mais vazio, nunca mais fiz nada ali dentro a não ser dormir e esperar os clientes. Raramente eles apareciam, mas era isso o essencial de minha atividade. Meu último trabalho datava de um mês. Eu vigiava a esposa de um sujeito, e quando me preparava para dar o flagrante ele veio me dizer, chorando, que ela era tudo para ele, que preferia não saber de suas infidelidades e que pretendia recomeçar do zero ao lado dela. Estava sonhando. Mas eu tinha arrumado o suficiente para pagar meu aluguel, o telefone e uma garrafa de Glenmorangie.

Já estávamos quase no fim de abril e nenhum cliente tinha dado o ar da graça. A noite começava a cair e, curiosamente, um calor estival esmagava Paris. Um calor que havia transformado meu escritório num forno. Assim, eu economizava ao máximo os gestos, só me mexia o necessário para levar a garrafa de Glenmorangie aos lábios e segurar o *France-Soir*, que voltava pela enésima vez à interminável agonia de um dos homens mais ricos do planeta, talvez o mais rico. Nathan Josufus (pronunciar Yosofus), cuja fortuna era de várias centenas de milhares de bilhões de francos — ou de dólares, pois ninguém conseguiu avaliar o montante exato. Apenas se sabia que ele se metia em tudo o que, de um jeito ou de outro, dava lucro neste mundo. Empresas petrolíferas, fábricas de armamento, indústrias farmacêuticas, bancos, companhias de seguros, de transporte aéreo, imobiliárias, redes de televisão, empresas de produção e distribuição de filmes, cassinos — em particular em Las Vegas e Macau —, redes de telefonia super sofisticadas, informática, concepção de softwares, imprensa, telemarketing, nova e velha economia, nada do que era rentável era estranho a Nathan Josufus. Esse império era administrado pela Volksbuch Company, uma holding com sucursais no mundo todo, e cuja sede ficava em Paris, num prédio luxuoso da rua François-Ier, entre os Champs-Elysées e o Jockey Club, e nesse clube Nathan Josufus era o único membro a não se valer de nenhum título de nobreza ou da alta burguesia. "O dinheiro abre todas as portas, fecha todas as bocas", ele dizia para explicar seu ingresso no Jockey. Assim, quis que o prédio da Volksbuch fosse visto como uma ode à potência financeira, naquilo que possuía de mais vulgar e detestável. Não economizaram nas aparências e no luxo; a sede da Volksbuch era uma obra-prima de mau gosto, caríssima. "O verdadeiro poder", ele confiara a um jornalista, "consiste em fazer com que a vulgaridade seja aplaudida por aqueles mesmos que a desprezam."

Personagem fora do comum, Nathan Josufus era, ele mesmo, um verdadeiro enigma. A começar pelo nome, que não era revelador de nenhuma origem. Ora diziam que era lituano ou polonês, ora canadense ou brasileiro, ora alemão, suíço ou holandês, mas também africânder, por causa de suas fabulosas minas de diamantes no Transvaal; às vezes até lhe atribuíam uma ascendência no Aveyron ou na Corrèze.

Tampouco se sabia como se constituíra seu império financeiro. Não era resultado de nenhuma especulação na Bolsa nem de explosivas ofertas públicas de compra das quais se tivesse conhecimento, nem, como Monte-Cristo, de um tesouro descoberto numa ilha abandonada, e menos ainda o produto de um patrimônio que teria frutificado geração após geração. Como acontece com toda fortuna cuja proveniência se ignora, imaginava-se que tinha origens vergonhosas, vinda de tráficos ilícitos, do dinheiro da droga, de sua lavagem, de uma participação no cartel de Medellín, de conhecimentos com a Máfia ou com as redes terroristas. Talvez também viesse do ouro dos nazistas.

Em suma, a origem dessa riqueza era tão suspeita quanto a do bazar de meu tio-avô Ernest Marlaud. Esse bazar lhe tinha sido atribuído durante a ocupação nazista, depois de seu dono verdadeiro ter sido levado para o campo de internamento de Drancy; e o bazar provocava a inveja de toda a família. Para explicar sua fortuna, Nathan Josufus dizia: "Venho do planeta Grana. Um dos menos povoados da galáxia. Ali se faz dinheiro com tudo e todos". Essa declaração lhe valeu o apelido de "O Manipulador". A imprensa de fofocas sobre famosos

— em particular o jornal de Félix — lhe dedicava intermináveis reportagens, insistia nas suas extravagâncias de milionário excêntrico, exibia fotos dele ao lado dos grandes deste mundo ou de braço dado com uma estrela de cinema ou uma top model famosa.

E, agora, esse homem que mal passava dos setenta anos lutava contra a morte numa clínica particular especialmente adaptada para a sua sobrevivência. Alimentava-se artificialmente, respirava artificialmente, mijava artificialmente — será que se lembrava ou sonhava artificialmente? —, incapaz do menor gesto sem a assistência de uma aparelhagem ultra-sofisticada. "Poderoso ou humilde, todos nós morremos", observava, filósofo, o jornalista do *France-Soir*, ironizando sobre esse Manipulador que talvez se acreditasse imortal graças à sua fortuna e a esse show de tecnologia. Na conclusão da reportagem, ele indagava se não era para privar o filho da herança que Nathan sobrevivia naquele estado de legume. Reforçava suas palavras com uma confidência do milionário: "Enquanto eu viver, ninguém assumirá os comandos do navio".

É verdade que Stanislas Josufus não inspirava simpatia. Sua foto aparecia no jornal, ao lado da foto do pai. Parecia ter vinte ou vinte e cinco anos, ostentava um jeito desagradável de filho-de-papai mimado, impaciente para pôr a mão na herança. Diante daquele rosto de sonso, eu entendia a pouca pressa do pai em bater as botas.

Enquanto eu fazia essa reflexão, tocou a campainha.

Apaguei o cigarro no cinzeiro, dei um bom gole de Glenmorangie e, num pulo, fui abrir.

Não consegui reprimir um gesto de surpresa ao reconhecer na moldura da porta o homem cujo retrato eu acabara de ver no jornal.

Stanislas Josufus em pessoa.

O único herdeiro da fortuna de Nathan Josufus.

3

Minha primeira impressão foi que ele ia me pedir para desligar seu pai da tomada.

Mas lhe fiz um sinal para entrar.

Ele parecia penetrar numa gruta ou algo do gênero. Tinha mais de um metro e noventa, de modo que o teto parecia um pouco baixo. Ao lado dele, eu era uma figurinha. Meus sapatos comprados na Bata e meu terno da popular Tati realmente pareciam um lixo. Por mais que eu engraxasse os sapatos e mandasse o terno para a lavanderia uma vez por mês, era cada vez mais difícil esconder que eles já tinham dado o que tinham de dar. Além disso, eu estava suando em bicas (o que contribuía para amassar ainda mais minhas roupas), mas, pelo visto, o calor não incomodava nem um pouco Josufus Júnior. Ele usava um terno de linho bege, uma camisa de *oxford* azul-clara, gravata de listinhas diagonais e mocassins bordô. Tudo aquilo somava, fácil, o aluguel anual de meus dois quartos de empregada juntos.

Convidei-o a se sentar na cadeira defronte de minha mesa e ele pôs no colo uma pasta de couro bordô, muito chique, combinando com os mocassins.

"O que o traz aqui, senhor Josufus?", perguntei, me instalando na frente dele.

Ele não respondeu logo, primeiro seus olhos percorreram a sala, como se quisesse se assegurar de que não tinha se enganado ao vir me ver. Seu rosto já não era tão desagradável como na foto do *France-Soir*, suas feições eram regulares, finas, e seu cabelo muito preto, penteado para trás, lhe dava um certo ar de galã à Rudolph Valentino. Mas era seu olhar que espantava. Quando se fixava no interlocutor, parecia estudar a maneira mais eficaz de apunhalá-lo pelas costas.

"Vejo que me reconheceu", ele disse, apontando para o *France-Soir* que eu tinha posto em cima da mesa.

Sua voz era suave, quase agradável. Não tinha pressa para falar, como essas pessoas suficientemente autoconfiantes que sabem que, de qualquer maneira, vamos escutá-las.

"Não se deve acreditar no que diz a imprensa, senhor Marlaud", ele recomeçou, depois de uma curta pausa. "Tentam me fazer passar por um pilantra, um filho impaciente para pegar a herança. É verdade, meu pai nunca se ocupou de mim, mas posso lhe garantir que não tenho queixas dele. Os negócios lhe deixaram pouco tempo para dedicar a mim. Tenho certeza de que sofreu tanto quanto eu."

"É para me contar que é o melhor dos filhos que subiu seis andares?", perguntei.

Diante de minha pergunta, seus cílios nem sequer se mexeram.

"Não, claro que não. Mas, ao contrário do que se diz por aí, não estou louco para vê-lo morrer. Se lhe acontecesse uma desgraça, eu não seria a causa."

"Espera de mim que eu vá repetir isso num tribunal?"

"Não estou brincando, senhor Marlaud, tenho bons motivos para desejar que meu pai morra o mais tarde possível."

"Que motivos?"

Ele tirou da pasta um documento volumoso.

"É a fotocópia de um reconhecimento de dívida. Está assinado por meu pai e por um certo Joachim Bélial. Meu pai o conhecia há muito tempo, eram sócios, mas descobri que ele era devedor desse sujeito. Quando meu pai morrer, deve lhe deixar a totalidade de seus bens. Já imaginou? A totalidade."

Examinei o documento. Eram umas vinte páginas, nas quais se detalhava o conjunto dos bens de Nathan Josufus.

Como num contrato, cada página estava rubricada com as iniciais das duas partes. Na última, especificava-se que Nathan Josufus era devedor de Joachim Bélial, e que com sua morte todos os seus bens iriam para Bélial, como pagamento de dívidas contraídas junto a ele. Abaixo figuravam as assinaturas do devedor, do credor e do tabelião que presidira à assinatura do contrato, o dr. Frantz Kasper, da Pickelhäring & Co. — um escritório de advogados de reputação internacional. O contrato datava de 30 de abril de 1952, tinha sido assinado no Rio de Janeiro e fora renovado, exatos vinte e quatro anos mais tarde, em Munique, no dia 30 de abril de 1976. Ali estavam as assinaturas de Nathan Josufus e de Joachim Bélial. Dessa vez, o tabelião que supervisionou o ato se chamava Ernst Hanswurst, também da Pickelhäring & Co. Tinham sido acrescentadas, provavelmente pela mão de Nathan Josufus, três letras, POD, que formavam uma espécie de sigla ou abreviação que me intrigou.

"POD... O que quer dizer isso?"

"Não tenho a menor idéia. É a primeira vez que meu advogado vê uma abreviação dessas. Ele ignora o que significa, mas pensa que isso não altera em nada a validade do documento. Segundo ele, se Bélial ou um de seus herdeiros o apresentar após a morte de meu pai, há chances de receber os bens."

"Nesse caso, compreendo que não tenha pressa de ver seu pai morrer... Tem certeza de que esse documento bastaria para privá-lo de sua herança?"

"Certeza, não. De qualquer maneira, irei aos tribunais. Haverá contestações, perícias, contraperícias. Debates sem fim. O senhor sabe o que é isso. É possível que o credor tenha suas pretensões indeferidas, mas não é garantido. Em todo caso, ainda que eu acabasse obtendo ganho de causa, entre os recursos e as revisões judiciais podem se passar anos."

"E enquanto isso a sua herança estará entregue a administradores ou a algo desse tipo, e o senhor não poderá aproveitá-la."

"Exatamente."

"Por que não tentar um acordo amigável com esse Bélial?"

"Senhor Marlaud, há oito dias eu ainda ignorava a existência desse reconhecimento de dívida. Não sei nem mesmo onde posso encontrar esse indivíduo. Recebi pelo correio essa fotocópia acompanhada de uma carta que não deixa nenhuma dúvida sobre suas intenções."

Entregou-me uma carta escrita em computador. Evidentemente, não havia nenhum endereço no envelope. Quanto ao conteúdo, era dos mais explícitos:

Prezado senhor,
Informo-lhe que tenho em meu poder um reconhecimento de dívida assinado por Nathan Josufus. Em seguida à morte dele, como está estipulado no documento cuja cópia lhe encaminho, a totalidade de seus bens caberá a mim.
Essa dívida não é, em nenhuma hipótese, negociável.
Quando chegar a ocasião, farei valer meus direitos.

J. BÉLIAL

"É provavelmente para intimidá-lo", eu disse devolvendo-lhe a carta, "afinal ele não está esperando que você abandone sua herança sem reclamar."

"Esta é uma eventualidade que não me passa na cabeça, senhor Marlaud: não pretendo ceder a esse indivíduo nem um tostão."

"Nesse caso, a coisa corre o risco de durar anos nos tribunais."

"Não pretendo tampouco ir parar nos tribunais. É por isso que vim vê-lo."

"Talvez pense em se livrar de Joachim Bélial?"

Pela primeira vez ele sorriu. Mas o sorriso não me pareceu mais simpático do que o olhar inexpressivo que fixava em mim.

"Tranqüilize-se, isso não faz parte de minhas intenções,

não adiantaria nada. Em todo caso, não me protegeria contra um eventual herdeiro. Portanto, não é o homem que me interessa."

Fez uma pausa, pegou uma cigarreira de ouro, tirou um cigarro sem me oferecer nenhum e o acendeu com o isqueiro que estava em cima da minha mesa.

"O que quero, senhor Marlaud, é que encontre esse documento."

4

Como única resposta peguei no bolso meu maço de Lucky, acendi um cigarro e fui até a janela. Lá fora a noite estava pesada, quase hostil, e eflúvios de calores pareciam subir da rua.

"É tudo o que deseja?", disse, voltando para minha mesa.

"É, e deixo-lhe a escolha dos meios. Para mim, a única coisa que conta é o documento."

"A escolha dos meios... inclusive um furto?"

"Cabe ao senhor decidir, quando tiver encontrado Bélial, pois duvido muito que ele lhe entregue o documento de bom grado. Talvez seja obrigado a persuadi-lo um pouco."

Fiquei em pé na frente dele e o olhei direto nos olhos.

"Por que se dirige a mim? E, em primeiro lugar, de onde me conhece?"

Ele tirou do bolso um jornal que logo reconheci: era o de Félix Sarzosky. Na primeira página estava a reportagem dele com a minha foto.

"O senhor conseguiu uma bela propaganda, com essa história de maconha num colégio", ele disse. "Foi isso que me incitou a vir vê-lo. Fiquei com a impressão de que poderia ser o homem ideal para a situação. Será que estou enganado?"

Não respondi. Afinal, talvez Félix tivesse razão ao me garantir que aquela história atrairia clientes.

"É claro", acrescentou Stanislas, "que pagarei os honorários que exigir. É um trabalho delicado, não pretendo regatear."

"Oitocentos francos por dia, mais as despesas", respondi

num tom que queria parecer profissional. "Um adiantamento no início da investigação, e outra parcela na entrega do documento."

Pelo sorriso que se esboçou em seus lábios, compreendi que um preço desses deveria lhe parecer ridículo.

"Nenhum problema", ele disse, "faremos como desejar. Diga-me quanto quer de adiantamento."

Dessa vez me dei tempo de refletir. Acendi outro Lucky — o anterior se consumira sozinho no cinzeiro —, depois fui pegar a garrafa de Glenmorangie na outra sala, me servi uma dose, ofereci-lhe outra, que ele recusou, e esvaziei meu copo de um só gole. Meu problema era saber se seria capaz de realizar a operação. Um furto na casa de Bélial, caso eu o descobrisse, mais um pouco de persuasão física, tudo isso começava a ser demais. Por outro lado, fazia um tempão que eu não via nenhum cliente, e com o mês de maio se aproximando, os feriados e os dias enforcados, e logo depois as férias, eu certamente não veria nenhum cliente até setembro ou outubro.

"Se não houver inconveniente, lhe darei minha resposta daqui a dois ou três dias", disse. "Enquanto isso, talvez possa me esclarecer certas coisas, caso eu aceite o serviço."

"Tudo bem, pergunte-me o que achar útil e lhe responderei da melhor maneira possível."

Mas o que me contou não esclareceu muito as coisas. Seu pai teria nascido no Rio de Janeiro, nos anos 20, num subúrbio pobre. Desde sempre movera-o um imenso desejo de enriquecer. Um senso agudo dos negócios compensava sua falta de instrução, e ele teria sido imbatível na arte do contrabando, que lhe rendeu lucros substanciais. Mas foi no dia 30 de abril de 1952 que sua fortuna deslanchou para valer. Nesse dia, ele assinou o contrato com Joachim Bélial. A partir daí, acumulou uma riqueza considerável, e vinte e quatro anos depois, em 30 de abril de 1976, confirmou sua dívida com Joachim Bélial.

"Bélial deve ter lhe adiantado os recursos necessários

para começar a vida. Mas é curioso", observei, "que seu pai assine o primeiro contrato no dia 30 de abril, e depois o confirme, no mesmo dia, vinte e quatro anos depois. Hoje é dia 21, falta pouco para o dia 30. Foi por isso que você veio? O dia 30 de abril é uma data fetiche na sua família?"

"Em certo sentido, sim: por mais espantoso que pareça, nasci no dia 30 de abril de 1976, no dia da segunda assinatura desse reconhecimento de dívida. É uma curiosa coincidência. Mas, sabe, em todas as famílias há datas e períodos recorrentes. Se procurar bem, encontrará na sua também."

Não estava totalmente errado. Mas, embora entre os Marlaud não tivéssemos datas fetiches, na nossa família ninguém assinava contratos de negócios ou reconhecimentos de dívida — salvo as promissórias que não se conseguia pagar —; em compensação, do ponto de vista dos ciclos, a cada cinco anos alguém dava um jeito de ir à falência.

"Aliás, os médicos não acreditam que ele sobreviverá além do dia 30 de abril", disse Stanislas. "Preciso do reconhecimento de dívida nesse dia, o mais tardar."

O que me deixava nove dias para encontrar o documento.

"Será o seu presente de aniversário", eu disse.

"Um belíssimo presente, se o senhor conseguir, e não me mostrarei ingrato."

Era o que eu esperava. Suas outras informações não me foram mais úteis. Ele nunca tinha ouvido falar de Bélial. Mas, ao percorrer o reconhecimento de dívida, descobrira que ele era dono de uma editora em nome de Argiron & Fils, instalada no 18º *arrondissement* de Paris. Procurando na internet, nada encontrou. Esse Bélial era um enigma, não se explicava que alguém desejasse ser pago somente na morte de seu devedor.

E isso eu tampouco conseguia explicar.

Teria herdeiros, esse Bélial, como sugeria o nome da firma, Argiron & Fils, e talvez desejasse lhes deixar uma herança vultosa? Donde essas curiosas modalidades de reembolso.

A hipótese valia tanto quanto qualquer outra, embora não me satisfizesse realmente. Quando ele terminou suas explicações, fiz uma fotocópia do reconhecimento de dívida e da carta que o acompanhava.

"Vou mantê-lo informado e em breve nos falaremos", eu disse quando terminei. "Onde posso contatá-lo?"

Ele me entregou um cartão de visitas.

"Meu número direto", esclareceu, "isso evitará que caia no mordomo; ele tem certa tendência a filtrar os telefonemas, e prefiro que essa história fique entre nós."

Acompanhei-o até a escada. Ele se virou para mim e, com um sorriso que queria ser simpático, disse:

"Estou feliz de tê-lo conhecido, senhor Marlaud".

Sua cordialidade era tão espontânea como a de uma serpente.

E, ato contínuo, desceu as escadas.

Bruscamente, o calor me pareceu insuportável.

Eu estava encharcado, e para me refrescar fui beber outra dose de Glenmorangie.

Pelo meu relógio era quase meia-noite; lembrei-me de que ainda não tinha jantado.

5

No dia seguinte liguei para Antoine Valdès. Ele me propôs passar em seu escritório pelas quatro da tarde.

Antoine Valdès era um dos advogados mais brilhantes de Paris. Morava pertinho de minha casa, no 17-bis da avenue Trudaine, uma dessas avenidas chiques do bairro, na fronteira com o 18º *arrondissement*, lá do outro lado do bulevar Rochechouart. Seu prédio abrigava a nata da avenida. Um figurão em cada andar: um tabelião, um médico, um dentista. No terceiro havia um músico, ensaiando ao piano, e no quarto, um psicanalista. Uma vez fui vê-lo, quando andava muito mal. Quando a mediocridade de minha vida, somada à de minhas rendas, começava seriamente a me pesar. Ele me mandara entrar numa sala do tamanho de meus dois quartos de empregada. Numa parede estava pendurado um quadro que representava um túnel iluminado por aberturas em ogiva que deixavam entrar uma linda luz amarela. O tipo de quadro que custava os olhos da cara. Depois de ter esperado um pouco, me perguntou: "O que há?", e não abriu mais a boca. Eu não sabia muito bem por onde começar. Vagamente, murmurei que minha família, as mulheres, o trabalho, meu salário miserável... E não encontrei mais nada a dizer, e ficamos assim uns vinte minutos, esperando que o tempo passasse. Depois ele me cobrou quatrocentos francos e propôs que eu telefonasse caso quisesse repetir a dose. Ao sair, fui fazer uma boquinha no Jean Bart, o bar que ficava embaixo do prédio. Isso me custou mais duzentos francos, mas depois me senti muito melhor. E minha experiência de psicanálise parou aí.

Antoine Valdès morava bem em cima do psicanalista. Seu apartamento lembrava o dele. Mesmas salas espaçosas, mesmos móveis caros, mesmos quadros que custavam os olhos da cara e que provavelmente eles deviam comprar nas mesmas galerias. Antoine Valdès tinha uns cinquenta anos. Talvez um pouco mais. Apesar de meio gordinho, era um homem sedutor. Seu talento e sua pugnacidade faziam dele um advogado temido nos tribunais. Eram incontáveis as absolvições que havia conseguido, mesmo quando, já de saída, a culpabilidade do réu era inquestionável. Por conta de sua profissão ele havia encontrado bandidos de todo tipo. Às vezes eu pensava que ele era influenciado por esses sujeitos, de tal forma seus métodos pareciam contestáveis. Assim, em várias ocasiões ele me contratou para vasculhar a vida de um cliente meio pilantra ou para descobrir informações comprometedoras a respeito da parte adversa. Pagava na bucha, o que eu muito apreciava. Além disso, me tratava com uma cordialidade e uma intimidade que logo me deixavam muito à vontade. A meu ver, o sinal da grande classe. Portanto, gostava de trabalhar para ele.

"E aí, meu velho? O que o traz aqui?", perguntou depois de me deixar mofando quase uma hora na sala de espera.

Contei-lhe minha conversa com Josufus Júnior e lhe mostrei os documentos que tinha fotocopiado. Como todo mundo, ele sabia que Nathan estava agonizando.

Balançou a cabeça com um ar perplexo.

"Essa história de reconhecimento de dívida, acho isso um bocado surpreendente. Quem é o advogado do seu cliente?"

"Ele não me disse."

"Humm, pois é, se houver um processo, o melhor para o seu cliente será vir me ver. Saberei defendê-lo."

Concordei com a cabeça. Nenhuma dúvida de que Antoine ia encher a paciência de Bélial. Talvez fosse esse o melhor conselho a dar a Stanislas.

"O que ligava Nathan Josufus a Joachim Bélial para que ele lhe cedesse a totalidade de seus bens depois da morte?", perguntou Antoine. "E por que esse Bélial, que deve ter no mínimo a idade dele, teria aceitado esperar todo esse tempo para pegar a fortuna? O que vai fazer com ela, na idade dele? É para oferecê-la aos herdeiros?"

"Não acredito muito."

"Eu também não, deve haver uma trapalhada qualquer. Sempre se pode argumentar que esse documento se refere apenas a Joachim Bélial, e não a seus herdeiros. E sem falar dessa sigla, POD. O que quer dizer isso? É a primeira vez que vejo isso. Haverá uma profusão de processos, tanto mais que é a Pickelhäring que garante o reconhecimento de dívida. Uma referência na matéria. Seria melhor que Stanislas se arranjasse com o credor, senão vai custar a receber sua herança."

Mostrei-lhe a fotocópia da carta de Bélial.

"Ele não pretende negociar."

O tom da carta pareceu surpreender Antoine.

"Talvez seja uma manobra para valorizar a jogada", ele disse. "O que o Josufus filho espera de você?"

"Que eu recupere esse contrato." E acrescentei: "Usando qualquer meio".

Antoine soltou um pequeno assobio cético.

"Evidentemente, isso resolveria tudo. Mas não aconselho, você corre o risco de se meter em sérias encrencas. Quando ele precisa do documento?"

"Dia 30 de abril, o mais tardar."

"É curiosa essa data, por que 30 de abril? Nessa família eles não podem fazer nada em outro dia?"

"Segundo os médicos, Nathan Josufus não deve viver além desse dia. Portanto, se eu conseguir o documento a tempo, Stanislas poderá herdar sem problema."

Ele pareceu hesitar.

"É melhor deixar isso pra lá, vai por mim."

"Por quê?"

"A meu ver, isso esconde uma perigosa jogada."
"Mas esse cara me parece de boa-fé."
Antoine caiu na gargalhada.
"Um sujeito que lhe propõe um negócio desse tipo, de boa-fé? Você está brincando! Francamente, não se meta nessa fria. Como vai convencer Bélial a lhe dar o documento? É uma jogada que pode levá-lo para trás das grades."
"Nesse caso, você cuidará da minha defesa", eu disse num tom leve, me despedindo dele.

Mas eu não estava disposto a brincar. Antoine tinha razão, eu podia me envolver nas piores trapalhadas e não tinha os meios de pagá-lo para sair da confusão. Desci um lance e parei diante da porta do psicanalista. Tive a impressão de ouvir um soluço, pensei numa mulher chorando em seu divã. Isso me lembrou que fazia muito tempo que uma mulher não ia à minha casa. Desse ponto de vista, eu não parecia nem um pouco com meu homônimo criado por Chandler. Vivia enclausurado nos meus quartos de empregada, esperando uma improvável aventura. Quando a solidão ficava insuportável, pegava meu velho Renault 5 e ia dar uma volta ao longo do bulevar des Maréchaux em busca de uma companhia efêmera. Mas o estado do meu carro era tão pouco convidativo que a maioria das moças torcia o nariz para entrar. Então, só me restava curar minha fossa com o Glenmorangie e acordar no dia seguinte com uma ressaca que eu acalmava com Alka-Seltzer. Na verdade, eu arrastava uma neurose violenta, que encantaria o psicanalista do quarto andar se eu tivesse os meios — ou a coragem — para lhe contar minhas desgraças.

De repente, tive a impressão de ouvir um ruído de passos do outro lado da porta. Não fazia a menor questão de dar de cara com ele e desci correndo.

A sessão já tinha durado bastante.

Mais uma vez, eu ia terminá-la no Jean Bart.

6

No terceiro uísque, me senti melhor.
Veio-me então a idéia de telefonar para Stanislas.
"Gostaria de ver seu pai. Não incomodo se for à clínica?"
Ele respondeu que ia tomar as providências para que me deixassem entrar sem problema.
"Então, aceita o caso?", perguntou.
"Vai depender do que eu encontrar na clínica."
Ele não fez nenhum comentário, disse que estava à minha disposição para outras informações e desligou.
Depois de pagar minhas doses, subi a rua Rodier, na direção de casa. Fazia um calor terrível. No escritório de Valdès não dava para sentir, pois o calor era barrado pelas pedras da fachada do prédio, mas fora o calor nos apunhalava. Não havia ninguém na rua. Das janelas escancaradas escapavam ruídos de todo tipo. Parecia até uma cidade mediterrânea. Meu Renault 5 estava estacionado em frente de casa. Sua cor amarelo-limão se transformara numa espécie de cinza sujo de onde emergiam duas placas mal-e-mal legíveis. Estava cheio de amassados, ferrugem aqui e ali, só um dos dois faróis funcionava, só os pisca-piscas traseiros acendiam, os amortecedores estavam mortos, tinham me roubado o estepe e um retrovisor, eu seria incapaz de dizer onde havia posto os documentos do carro e a apólice do seguro. Esse carro era um maná para o Serviço de Multas do Departamento de Trânsito. Eu deveria, pelo menos, levá-lo para lavar, mas não tive tempo. Instalei-me na direção e, para minha grande surpresa, o carro pegou de primeira.

* * *

A clínica que abrigava os derradeiros momentos de Nathan Josufus ficava na rua du Boccador, entre a avenida Montaigne e a avenida George v. Estacionei perto da Cours Albert-Ier. Stanislas tinha me garantido que me deixariam entrar sem problema, mas achei mais prudente que não me vissem descer daquele calhambeque. Sábia precaução, percebi quando via a clínica. O luxo se exibia descaradamente. Um porteiro de uniforme abriu a porta para mim, como no Ritz. Senti vontade de lhe dar uma gorjeta, mas não tinha nenhum trocado. O maître-d'hôtel ou administrador ou algo do gênero, um cara meio afetado, entendeu na mesma hora com quem estava lidando. Stanislas deve ter lhe dado minha descrição exata. Assim que me viu, apertou um botão. De imediato apareceu uma enfermeira, acompanhada de dois cavalões de avental branco que nem sequer fingiam fazer parte do pessoal hospitalar.

O trio me levou a um elevador onde deviam caber umas vinte pessoas. A enfermeira apertou o botão do quinto andar, aonde chegamos em tempo recorde. As portas se abriram e me vi num corredor tão largo quanto uma avenida.

Em seguida fomos andando até o quarto de Nathan, uns cinqüenta metros adiante. Ao meu redor, tudo era luxo, calma e silêncio. Nossos pés afundavam num carpete grosso, amarelo-clarinho, que amortecia o barulho dos passos. Suntuosos tapetes aumentavam ainda mais a sensação de confortável moleza. De cada lado do corredor havia poltronas de couro para que os doentes descansassem. Entre as poltronas havia mesas e vitrines com objetos de grifes de prestígio. Jóias, relógios, lenços, bolsas Cartier, Dior, Boucheron. Intercalados entre as poltronas e as vitrines, quadros, cerâmicas ou esculturas vindas dos quatro cantos do mundo davam ao corredor um toque de exotismo superchique. Tudo parecia previsto para que os doentes pensassem estar num desses hotéis cincoestrelas a que estavam habituados. Mas nem por isso havia doentes para aproveitar esse luxo, pois eles tinham sido desalojados para que a clínica cuidasse exclusivamente de Nathan. Seu apartamento parecia uma suíte. Atravessava-se, primeiro, um salão de dimensões impressionantes, ricamente mobiliado, depois um corredor, depois outra sala muito menor, de atmosfera intimista que evocava o *boudoir*. Saltava aos olhos que Nathan Josufus não era do gênero de quem sai do mundo com simplicidade.

Foi só no quarto em que ele descansava que tive a sensação de estar numa clínica. Dali fora banido todo e qualquer luxo desnecessário. A cama e a poltrona que estavam à minha frente vinham provavelmente da loja Knoll; no mais, porém, nenhuma dúvida: estávamos num quarto de hospital, como se comprovava pela brancura das paredes e, ao lado da cama, pela aparelhagem complicada que roncava de modo uniforme. Nos monitores se agitavam uns diagramas. Linhas contínuas se sucediam indefinidamente; algumas, depois de hesitações, reencontravam o traçado feito de asperidades e ângulos agudos. Tudo aquilo estava ligado por perfusões e tubos ao homem deitado na cama. Ele parecia dormir e seu rosto, que mal saía de sob os lençóis, fazia pensar numa cabeça reduzida pelos índios jivaros. Pareceria um cadáver se, em intervalos regulares, não escapasse de sua boca escancarada um ronco apenas audível, entrecortado de vez em quando por sufocações que enlouqueciam os diagramas nos monitores.

Um morto com uma fábrica em torno de si.

"Se é pra conversar com o patrão, tá ruço, meu chapa", riu um dos caras de avental branco.

Ele ia acrescentar alguma coisa quando seu colega lhe deu uma cotovelada destinada a fazê-lo calar o bico. A enfermeira que nos acompanhava parecia ausente. Era evidente que estava apressada para encerrar a visita guiada.

Quanto a mim, não conseguia desviar os olhos daquele

espetáculo. Não era propriamente o de um homem lutando para continuar vivo, embora se adivinhasse que uma angústia profunda, próxima do pânico, trabalhava naquele rosto pálido e liso. Ele estava lá, só isso, entregue à tecnologia para prolongar dias inúteis, um pouco como se tivesse confiado a um serviçal doméstico o cuidado de preparar seu smoking para uma festa onde não tinha nada o que fazer. Nele tudo lembrava uma estátua moribunda. Impossível reconhecer naquele homem jacente o brilhante milionário que deliciava a imprensa escandalosa. Mal respirava, afundado numa cama grande demais para ele, com uma sonda que lhe entrava por uma narina, um braço saturado de perfusões. Era o caso de perguntar se algum dia ele pertencera à espécie humana. O que tornava tudo aquilo insuportável era a sensação não de que o homem quisesse permanecer em vida, mas de que para ele era impossível morrer, como se algo aterrador o impedisse.

De repente percebi que seu antebraço e sua mão estavam cobertos de hematomas de um aspecto diferente daqueles causados pelas múltiplas perfusões que o machucavam. Eram vestígios de queimadura que uma cirurgia plástica não tinha conseguido apagar totalmente.

"O que aconteceu com ele?", perguntei, mostrando as cicatrizes.

Um dos enfermeiros se virou para mim.

"Você é muito curioso", disse num tom em que aflorava a ameaça. Olhou seu relógio: "A visita acabou".

Não insisti e saímos do quarto.

Ao atravessar o salão, percebi que havia uma mulher sentada num sofá. Não estava lá quando chegamos. No entanto, tive a impressão de conhecê-la de vista. Seu cabelo castanho caía em cachos sobre os ombros, ela vestia um tailleur príncipe-de-gales, cuja saia ultracurta deixava à mostra coxas suntuosas, cobertas com meias pretas. Num de seus tornozelos havia uma correntinha de ouro como a que Barbara Stanwyck usava em *Pacto de sangue*. Folheava com ar distraído um exemplar de *Paris-Match*. Seu rosto não me parecia totalmente desconhecido. Essa impressão de familiaridade vinha do fato de que eu já a tinha visto em todas essas revistas dedicadas às loucuras dos ricos e famosos. Fazia o gênero que já tinha posado para *Playboy* ou *Penthouse*. Também me lembrei de que Félix tinha lhe dedicado várias reportagens com fotos em que ela aparecia nos braços de Nathan e sorria de modo a mostrar que era feliz.

Mal levantou os olhos para mim, mas deu tempo de ver em seu rosto uma expressão espantada, talvez meio de desprezo. Depois, mergulhou de novo em sua leitura.

Era com toda a certeza uma mulher muito bonita. Como eu diminuísse um pouco o passo para melhor contemplá-la, o enfermeiro repetiu no mesmo tom ameaçador — mas talvez, agora, com um toque de ironia:

"A visita acabou, meu chapa."

7

A noite toda sonhei com aquela mulher. Lentamente, ela subia a saia do tailleur. Seus olhos fixos nos meus, com a expressão desdenhosa que eu tinha visto na clínica. Depois se aproximava de mim, eu a pegava nos braços, mas não entendia o que dizia seu olhar.

Na manhã seguinte, liguei para Stanislas para lhe dizer que aceitava a proposta.

"Preciso de um adiantamento", disse.

"Quanto quer?"

"Dez mil em espécie, pode ser?"

"Tudo bem, senhor Marlaud, o dinheiro estará aí dentro de uma hora, vou enviar um boy."

Desliguei o telefone.

Uma hora depois, um sujeito tocou a campainha e me entregou um envelope com vinte notas de quinhentos francos. Nunca eu tinha recebido tanto dinheiro de uma tacada só. Era suficiente para pagar meu aluguel, consertar o carro, começar minha investigação e renovar o estoque de Glenmorangie, que diminuía de modo inquietante.

Eu imaginava a cara de Antoine quando soubesse da minha decisão. "Você está fazendo uma burrice", ele diria, "eu avisei." O que eu responderia? Que desejava tentar minha sorte? Que tinha enfim um verdadeiro caso? Ou que sonhara com uma mulher de cabelo escuro e tez muito branca, com uma correntinha no tornozelo? Com certeza ele apreciaria. Os cavalões da clínica tinham me dito que ela se chamava Lust, e

que era a secretária particular de Nathan. Insistiram nesse "particular" talvez para que eu entendesse, caso estivesse de olho nela, que era melhor desistir.
Isso também Antoine apreciaria.

Como eu não sabia muito bem por onde começar, escolhi a opção econômica e fui de metrô à Junta de Comércio e Artesanato, na avenida de Iéna. A consulta aos registros era gratuita e a Junta não ficava muito longe da clínica de Nathan, mas, no caso, isso não apresentava o menor interesse. Eu esperava encontrar informações sobre a Argiron & Fils. Depois de inúmeras pesquisas infrutíferas que me fizeram duvidar de sua existência, acabei descobrindo, com esse nome, uma gráfica que imprimia obras esotéricas e de ciências ocultas. Estava domiciliada na rua de l'Évangile, no 18º *arrondissement*. Ainda assim, embora isso correspondesse mais ou menos ao que estava indicado no reconhecimento de dívida, achei inconcebível que a empresa com um capital ridículo de 50 mil francos — apenas a centésima milionésima gota d'água do oceano financeiro que representava o império Josufus — pudesse exigir a totalidade dos bens de Nathan Josufus. Era o protótipo da firma miserável que podia ser administrada por um iluminado ou um especialista do fracasso, como encontrávamos entre os Marlaud, o tipo de indivíduo que investe todas as suas economias num negócio incerto, se endivida até o pescoço e pede concordata alguns meses depois.
Só que a Argiron & Fils tinha sobrevivido bem mais tempo. Foi até um tremendo sucesso: de 15 de março de 1952 a 29 de janeiro de 2000, quando desapareceu sem a menor razão. O que me pareceu incompreensível: a contabilidade era saudável, as contas estavam equilibradas, o balanço positivo, nada explicava que tivessem entregado as chaves. Por que, depois de ter administrado bem um negócio por quase quarenta e oito anos, se decidiria abruptamente fechá-lo? Por desencargo de consciên-

cia, verifiquei se existia outra firma com o mesmo nome ou um nome parecido, mas não achei nada.

Por via das dúvidas, fui à biblioteca do Centro Beaubourg. Esperava encontrar na imprensa uma informação sobre essa firma. Estávamos no meio da tarde, o calor contribuíra para esvaziar a biblioteca, onde havia pouquíssimos visitantes. Uma funcionária me levou a uma mesa onde havia uma tela para microfilmes e me explicou o funcionamento do aparelho.

"A alavanca de baixo serve para fazer o filme avançar, a do alto, para recuar", ela me disse.

Comecei o trabalho. Dos quatro jornais arquivados, *Le Monde*, *Le Figaro*, *France-Soir* e *Le Parisien*, só os dois últimos dedicavam algumas linhas ao incêndio de uma gráfica no 18º *arrondissement*, no dia 24 de janeiro de 2000. Ou seja, alguns dias antes da dissolução oficial da Argiron & Fils — o que podia ser mais que uma coincidência —, mas infelizmente não se mencionava o nome da gráfica. A empresa tinha sido totalmente destruída pelas chamas, contudo o caso era relegado à condição de notícia menor, embora os galões de gasolina encontrados no local sugerissem que pudesse se tratar de um incêndio criminoso. Nos jornais seguintes, não havia mais nada sobre a gráfica, e parei de consultá-los.

Será que eu encontraria o que me interessava na sede da Volksbuch Company, na rua François-Ier? Se houvesse uma relação financeira entre a Volksbuch e a Argiron & Fils, talvez pudessem me informar, me dizer por exemplo se tinham feito depósitos em nome desta última. Bastaria então saber em que banco haviam sido feitos para que eu tivesse um início de pista que levasse a Bélial. Era, me parecia, o caminho mais sensato para descobrir alguma coisa.

Ao voltar para casa, encontrei na secretária eletrônica um recado de Antoine Valdès me pedindo para ir vê-lo o quanto antes.

8

Um banho de chuveiro e, depois, saí correndo para o escritório de Antoine. Estávamos no fim do dia mas a temperatura não baixara um grau. Percorrer os trezentos metros que me separavam de lá me deixou encharcado. Com o paletó no braço, toquei a campainha.

Ele logo me recebeu.

"Encontrou as informações sobre a Argiron?"

Olhei para ele, espantado.

"Como é que você sabe disso?"

"Eu tinha certeza de que o caso lhe interessaria, então também fiz minhas pesquisas. Provavelmente as mesmas que as suas, na Junta de Comércio e na imprensa, mas a coisa não foi muito longe. Há essa gráfica especializada em obras esotéricas, que ficava no 18º *arrondissement* e foi incendiada. Talvez pertencesse a Bélial. Por causa do incêndio ele deve ter fechado a empresa. Pode muito bem ter sido um incêndio criminoso. Afinal, entre os escombros encontraram galões de gasolina."

"Quem poderia ter feito isso?"

"Por que não Nathan Josufus ou um de seus homens? Talvez ele desejasse recuperar o reconhecimento de dívida que estava com Bélial, e como não o achou, quis se vingar. Ser milionário não protege ninguém contra idiotices."

Pensei nos vestígios de queimadura no antebraço de Nathan, mas preferi, por enquanto, não comentar com Antoine.

"Evidentemente, é apenas uma hipótese", ele disse. "Em todo caso, o certo é que a Argiron & Fils deixou de existir, e que seu dono se escafedeu." Fez uma pausa, e continuou: "Se eu soubesse que fim o cara levou, cobraria uma boa grana de Stanislas Josufus para lhe dar essa informação".

Eu não duvidava: Antoine não era do tipo que se conformava com dez mil francos, como eu.

"E você, de seu lado, a quantas anda?", perguntou.

"Vi Nathan em seu leito de morte. Não me adiantou muito em matéria de informação, a não ser que o cara adora o luxo e se agarra à vida. E depois, repensei essa série de coincidências em torno do dia 30 de abril..."

"Há outra coisa também: os intervalos entre as assinaturas. O reconhecimento de dívida é de 1952, sua confirmação, de 1976, ou seja, vinte e quatro anos depois. E agora estamos em 2000, Nathan está condenado e..."

"2000 menos 1976, vinte e quatro anos, novamente."

Antoine ficou pensativo. Foi até o bar, pegou uma garrafa.

"Glenmorangie é seu uísque preferido, não é?" Encheu dois copos. "Tintim", disse, levantando o seu.

Fiz o mesmo e por um instante tomamos nosso uísque em silêncio.

"Há muitas coisas estranhas nesse negócio", ele observou quando terminamos de beber. "E quantias consideráveis de dinheiro. Bem mais que se pode imaginar. Ninguém conseguiu calcular a fortuna de Josufus, tanto mais que a todo instante ela dá filhotes."

"E daí?"

"E daí? Esse dinheiro, ao menos uma parte, talvez esteja ao nosso alcance. Seria uma cretinice deixá-lo escapar."

"Ao nosso alcance?"

"Sim, se soubermos agir. Esses homens só podem ser uns pilantras. Mas estou acostumado a lidar com essa raça. Quanto o Júnior lhe propôs para cuidar do caso?"

Respondi que já tinha recebido dez mil francos.

"Ele está gozando de você!", exclamou Antoine. "Dez mil, com a fortuna que o espera!"

Não soube o que responder.

"Deixe-me cuidar disso. Vou fazer esse cara engolir o pão que o diabo amassou. Tem de ser implacável."

"Mas não posso lhe pagar, seus honorários ultrapassam amplamente minhas possibilidades."

"Quem está falando de honorários? Proponho que seja na base do meio a meio."

Arregalei os olhos.

"Você quer que a gente rache o que vou ganhar?"

Novamente ele deu de ombros.

"Sossegue, não vou exigir de você a metade dos dez mil francos que acaba de ganhar. O que eu poderia fazer com esse dinheiro? Preciso de cinqüenta por cento dos milhões que vou fazer você ganhar desse sujeito."

"Cinqüenta por cento! Você joga pesado."

"É melhor cinqüenta por cento de vários milhões do que cinqüenta por cento de nada."

"Mas quem corre os riscos sou eu! Talvez tenha de arrombar a casa de Bélial para furtar o documento ou dar uma prensa no cara para ele me entregar o reconhecimento de dívida."

"Se você tiver problemas, vou defendê-lo."

"Quem me garante?"

Ele começou a rir.

"É minha palavra, ora essa."

Parecia meio leviano, mas eu não tinha escolha.

"É você que vai embolsar os depósitos de Stanislas?"

"Vou dizer a ele que envie a cada um a parte que lhe cabe, está bom assim?"

Fiz que sim. Embora ele estivesse me enrolando, em comparação com o que conseguiria negociando sozinho com Stanislas eu estava no lucro.

"Agora que chegamos a um acordo", disse Antoine, "espere até que eu consiga um bom arranjo. Até lá, oficialmente, não se mexa. Os dias do pai dele estão contados, isso servirá para pressioná-lo."

"E se ele procurar outra pessoa?"

"Estamos no dia 23, se ele quiser o reconhecimento de dívida para o dia 30, está um pouco apertado."

Antoine certamente tinha razão, o tempo jogava a nosso favor. Será que eu ia tirar a sorte grande? Aquela com que sonhava há anos? No entanto, não me sentia muito à vontade, não se tratava de recuperar o cãozinho da tia Mathilde. Sem dúvida eu teria de lidar com uns pilantras, como ele dizia, e não sabia como reagiria se tudo desse errado. Sou fortão, uma briga não me mete medo, mas arrombar um apartamento para furtar, *a fortiori* dar uma prensa — e até eliminar —, um homem, nisso ainda não tinha pensado.

"Stanislas não fará a negociação se arrastar", disse Antoine. "Vai ser questão de um ou dois dias no máximo. Enquanto isso, vou ver se encontro umas pistas interessantes e lhe comunico."

Então, ele me ofereceu outro Glemmorangie, encheu seu copo e brindamos à nossa sociedade.

Quando passei defronte da porta do psicanalista, ouvi novamente uma mulher soluçando.

Fiquei um momento no patamar, a escutá-la.

Depois fui para casa dormir.

9

No dia seguinte, um telefonema de Stanislas me tirou da cama.

"O senhor é duro nos negócios, senhor Marlaud", ele disse. "Seu advogado não quis nem saber. E o senhor tinha concordado em receber um adiantamento de dez mil francos."

"Era só para o meu uísque e meus cigarros. Se isso não lhe convém, vamos deixar pra lá."

Ouvi-o suspirar.

"Não se zangue, o senhor terá o carro e o dinheiro daqui a uma hora."

Fiquei surpreso ao ouvi-lo falar de um carro, mas não disse nada. Também não perguntei quanto me enviaria, supostamente eu devia saber.

"Muito bem", respondi, "daqui a uma hora. Penso em ir à Volksbuch Company. Gostaria de interrogar certas pessoas, em especial o preposto de seu pai e a secretária dele."

"Tudo bem, senhor Marlaud, vou ver o que posso fazer. Com o preposto, não será fácil: ele não morre de amores por mim. É preciso ir com calma, ainda não sou o patrão, prefiro que não haja problemas com ele."

E desligou.

Pensei: e Antoine sim é que sabia tratar com os tubarões.

Uma hora depois, o carro estava lá embaixo.
Com o dinheiro.

Era preciso reconhecer que Júnior pensava grande. Para que eu fosse à Volksbuch Company, pôs à minha disposição uma limusine do tamanho de um ônibus. Preta, muito chique, com vidros fumê, ar-condicionado e motorista de libré. O motorista era um homem de uns sessenta anos, muito bem-apessoado. Um colosso uns vinte centímetros mais alto que eu. Se não estivesse com o uniforme de motorista, poderia passar pelo presidente da Volksbuch. Chamava-se Caronte, como o satélite de Plutão, esclareceu, ao se dirigir a mim na terceira pessoa, o que dava aos "o cavalheiro isso, o cavalheiro aquilo" com que me gratificava a cada duas palavras uma consideração desconhecida até então entre os Marlaud. Quando entrei na limusine, tirou o boné e segurou a porta, depois se instalou na direção e arrancou silenciosamente. Parecia que eu estava num transatlântico. Noventa por cento das pessoas não sabiam o que perdiam em viver modestamente. No assento traseiro me esperava um envelope em meu nome. Continha os 250 mil francos que Antoine conseguira extorquir de Stanislas. Duzentos e cinqüenta mil para mim. E outros tantos para ele, portanto. Era bom ser duro nos negócios.

Caronte dirigia com agilidade e elegância. Não se podia esperar menos que isso com um carro daqueles. Às vezes eu via o carro refletido na vitrine de uma loja. Navio de vidros foscos, fantasma majestoso que avançava sem se dignar a olhar para o mundo. Mundo que se derretia com a canícula. Incapazes de explicar a razão disso, os meteorologistas se limitavam a repetir: "Nunca se viu algo assim", "Temperaturas acima da média da estação"; ora atribuíam à camada de ozônio, ora ao efeito estufa, ora a sei lá o quê. Fazia três dias que as vendas de aparelhos de ar-condicionado, ventiladores e refrigeradores batiam recordes. As de bebidas geladas também. Os cafés tinham aumentado os preços, o que não impedia que estivessem lotados. Entre o dia em que recebi a visita de Stanislas e aquele em que aceitei a investigação, o termômetro dera um pulo espetacular. Uma espécie de inferno tropical se abatera sobre a cidade, temia-se que degenerasse numa situação impossível de controlar.

Mas eu estava pouco ligando.

Tinha minha limusine com ar-condicionado.

Confortavelmente instalado no assento de couro, eu bebericava um Glenmorangie, posto à minha disposição no bar à minha frente. Acabava de fazer consideráveis progressos em matéria de dinheiro e de tempo. Em poucos minutos apaguei pelo menos três séculos de servidão, três séculos de Marlaud que tiravam o chapéu diante das carruagens altivas, de cortinas fechadas, que passavam sem vê-los. Eu os vingava e ao mesmo tempo os abandonava. Atrás dos vidros com insulfilm, eu tinha um outro olhar sobre o mundo, via-o inclinar-se diante de mim. Mesmo quando tinham a prioridade, os carros davam uma freada para me deixar passar. Às vezes eu flagrava nos motoristas uma expressão de reverência ou ódio.

Na rua Royale, passamos pela butique Cerruti e mandei Caronte parar. Ele estacionou em fila dupla. Fui comprar um terno tipo jaquetão, azul, de risquinhas, com camisa e gravata combinando, e sapatos. Ativaram as costureiras e pouco tempo depois vi no espelho um homem que por pouco não reconheci.

Ao sair da Cerruti, joguei no lixo meu terno da popularesca Tati. Caronte, que estava parado um pouco mais longe, deu marcha a ré até a altura da loja. Depois saiu da limusine para me abrir a porta.

Deixei-me cair no assento de couro. Sonhador, pensei que na Volksbuch Company eu ia encontrar Lust. Uma mulher cujo olhar só se fixava em homens que valiam a pena.

Eu começava a ser um deles.

Ainda assim, ao cruzar a porta da Volksbuch, fiquei impressionado com tamanho exagero em matéria de mau gosto, com tamanha paranóia de pura fachada. O hall de entrada era tão grande quanto a estação de Lyon. Carpete, tapetes, sedas, mármores, quadros, esculturas, móveis antigos e modernos, música ambiente gênero aeroporto, havia de tudo na Volksbuch. Em comparação, a clínica onde Nathan Josufus agonizava parecia quase uma casinha de aposentados modestos. A isso se somavam os guarda-costas trajados com esmero. Postavam-se defronte de cada porta, cada janela, cada móvel. As câmeras eletrônicas não paravam de filmar um instante e dava para imaginar nos bastidores um exército de mercenários prontos para cair em cima de você ao menor incidente. Eu estava entre os ricaços: minha limusine, meu motorista, meu terno Cerruti e os maços de quinhentos francos que deformavam meus bolsos me abriam as portas. As portas de um sucesso que fedia a arrivismo. Nada a ver com as camadas de riqueza que se acumulam de geração em geração e produzem um *continuum* cheio de matizes. Séculos de egoísmo e crueldade foram necessários para que essa riqueza se constituísse, e mais ainda para que se refinasse. Ao passo que a riqueza de Nathan Josufus invadira o mundo como uma deflagração, sem ter tido tempo de se civilizar. Só era digna de admiração por sua eficácia e esperteza. A riqueza genealógica se apresentava como uma riqueza de gourmet, a de Nathan Josufus como uma riqueza de glutão. Mas o futuro estava do lado dele. A fortuna genealógica sabia disso, e ia comer em sua mão.

E eu fazia o mesmo. Estava tão perplexo diante daquela opulência que não ficaria surpreso ao descobrir que a sala de Nathan Josufus, no último andar, era em ouro maciço.

Em compensação, a sala de Lazare Cornélius, aonde fui primeiro, parecia um depósito de móveis de segunda mão. Visivelmente, o preposto de Nathan Josufus não gostava de luxo. Nele tudo evocava o barnabé modesto. Usava um avental cinza meio sujo, e o colarinho da camisa não estava em melhor situação; mesmo sentado, se mantinha curvado; uma haste dos óculos estava presa com esparadrapo.

Não escondeu seu desprazer em me receber.

"Pouco me importa saber que vem da parte do senhor Stanislas, não há a menor possibilidade de deixá-lo olhar as contas do senhor Josufus", disse interpondo-se entre mim e o computador.

O gênero de homem que morre por seu patrão. Stanislas estava certo, entre eles não havia um grande amor.

Não insisti.

"Diga ao menos se conhece a firma Argiron & Fils", perguntei, fingindo ir embora.

Diante de seu ar surpreso, pensei ter marcado um tento.

"E Joachim Bélial, o dono dessa firma, já ouviu falar dele?", acrescentei.

"Não conheço."

"Stanislas me disse que a Volksbuch Company estava muito endividada com a Argiron & Fils. Ele queria encontrar Bélial para negociar com ele."

Lazare Cornélius balançou a cabeça de um jeito obstinado.

"Isso não tem o menor sentido. A Volksbuch Company contabiliza lucros enormes, por que iria se endividar junto a uma empresinha insignificante?"

"Como sabe que é uma empresinha insignificante?"

Se eu pensava em desestabilizá-lo, era perda de tempo.

"Porque", ele disse, "ao lado da Volksbuch Company, Vivendi, General Motors ou Microsoft são empresinhas insignificantes. É tão simples assim. Não acredita em mim?"

Ele estava gozando da minha cara, e de bom grado eu lhe daria uns safanões, pelo menos para ter acesso ao seu computador, mas me lembrei da recomendação de Stanislas.

"Claro que acredito, Lazare", respondi com um grande sorriso. "E até me convenci de que você é o homem menos mentiroso do planeta."

"Nesse caso, queira me desculpar, mas tenho trabalho."

Antes de partir, entreguei-lhe meu cartão.

"Se por acaso se lembrar de algo sobre a Argiron & Fils ou sobre Joachim Bélial, me ligue neste número", eu disse.

Ele enfiou o cartão num bolso do avental imundo, pôs em cima o lenço enrolado como uma bola e voltou para o computador. Nove chances em dez de ele esquecer o cartão e assoar o nariz com ele.

Para me animar, pensei que com Lust as coisas talvez fossem diferentes.

10

E foram.

A sala de Lust não tinha nada a ver com a de Lazare Cornélius. Ao contrário do preposto, o luxo não a impedia de respirar; o trabalho também não, aliás. Não havia sobre sua mesa — de mogno — nenhum desses papéis, canetas ou blocos que assinalam uma intensa atividade. Havia um computador, é verdade, um Macintosh último modelo, lilás, como se faz agora, tecnologia de vanguarda, com impressora, scanner, leitor de DVD e sei lá mais o quê, mas ela não devia ligá-lo com freqüência, a não ser talvez para os joguinhos. Do ponto de vista de espaço, sua sala equivalia a umas dez da de Cornélius. O menor abajur parecia ter custado uma fábula, o carpete salmão era tão grosso que o sapato afundava; sobre ele, havia tapetes que deviam ser caríssimos, e nas paredes alguns quadros de Rauschenberg e de Warhol davam o realce final ao valor do conjunto. Ao fundo, um imenso janelão envidraçado oferecia uma vista panorâmica de Paris, com a Torre Eiffel de um lado e a Torre Montparnasse de outro. Era evidente que para sair com uma mulher dessas era preciso ter uma montanha de dinheiro.

"É este lugar que o deixa tão pensativo, senhor Marlaud?", ela perguntou ao se sentar no sofá que havia defronte da mesa.

Falava quase cochichando, como que se dirigindo mais a si mesma que aos outros. Usava um vestido de lamê vermelho que não escondia praticamente nada de suas formas, e uma correntinha apertava o tornozelo esquerdo. Seu movimento ao sentar fez o vestido subir vários centímetros, e a minha pressão, vários pontos. Cruzou as pernas, e o vestido subiu mais uns centímetros. Stanislas lhe avisara que eu conversaria com ela para a investigação, mas ela parecia ter se arrumado para um jantar à luz de velas. É verdade que tinha uma classe incrível. Era o tipo de moça que todo homem normal sonha encontrar.

"Satisfeito com a inspeção?", perguntou, sem que eu soubesse se a pergunta era a seu respeito ou a respeito da sala. Depois, sem esperar resposta, levantou-se e foi até o bar, do outro lado.

"Parece que seu fraco é o Glenmorangie", disse, enchendo três quartos de um copo. "Prefiro martíni. Gosto não se discute, senhor Marlaud, mas isso não impede que os gostos se unam quando as circunstâncias são propícias", acrescentou me encarando direto nos olhos. Desviei o olhar para disfarçar meu constrangimento. "Ao nosso encontro", disse, levantando o copo.

"Mas já nos encontramos."

Ela fez um ar falsamente espantado.

"Ah, é? Onde mesmo?"

"Na clínica de Nathan, você estava no salão, ao lado do posto de enfermagem.

"Deve estar se confundindo, se o tivesse visto me lembraria."

Nem sequer se dava ao trabalho de esconder que mentia. Esse modo de mentir, cheio de provocação, a tornava ainda mais desejável.

"Disseram-me que queria falar comigo", disse, sentando de novo no sofá.

Com um gesto convidou-me a me acomodar ao lado dela. Ao fazer isso rocei em seu quadril, e o contato me eletrizou. Emanava de seu corpo uma intensidade erótica que eu raramente sentira em outras mulheres. Engoli uma talagada de uísque antes de me lançar.

"Trata-se do contrário", respondi quando me refiz um pouco. "Queria ouvi-la mais."

"Do que quer que eu fale, senhor Marlaud? Assunto não falta."

"Fale-me de suas relações com Nathan."

Ela começou a rir.

"Eu era secretária dele", e com um gesto mostrou a sala. "Vê-se, não é?"

"Salta aos olhos. Posso saber qual é a sua formação nesse campo?"

"Estudei para ser cabeleireira, depois fui massagista num instituto de beleza, depois posei para fotos charmosas, depois fui recepcionista no Crazy Sexy, um cabaré para os lados de Blanche. Foi lá que encontrei Nathan. Ele me contratou como secretária de direção da Volksbuch Company."

"Com um currículo desses, era o mínimo que podia fazer."

"Não é mesmo? Para Nathan, a competência é essencial. O que mais quer saber?"

"Conhece uma firma chamada Argiron & Fils?"

Para minha grande surpresa, ela não hesitou.

"Conheço, essa firma parecia preocupar Nathan. Sobretudo seu dono, um cara esquisito, esqueci o nome dele."

"Joachim Bélial?"

"Isso mesmo! Quando Nathan o encontrava, ficava na maior depressão."

"Por quê?"

"Não sei, ele não dizia nada."

"Com quem se parecia Bélial?"

"Com ninguém. Era um cara qualquer, sempre de roupa escura, um jeito lúgubre. Não era o tipo de homem em quem tendo a me ligar", disse, pousando longamente o olhar em mim.

Achei um pouco sumário como descrição, mas não insisti.

"Ele vinha freqüentemente ver Nathan?"

"Uma ou duas vezes por mês. Às vezes ficava sem aparecer meses a fio, depois as visitas recomeçavam mais ou menos nesse ritmo."

"E Nathan ficava muito mal depois dessas visitas?"

"Muito mal."

Veio-me a idéia de que Bélial o chantageava. Ele podia estar a par de certos negócios comprometedores e procurava tirar proveito.

"Fora ele, Bélial encontrava outras pessoas?"

"Lazare Cornélius. Ou ele passava para vê-lo diretamente, ou depois de ver Nathan. Lazare não lhe disse nada? E olhe que esses dois aí tinham tudo para se entender, um tão sinistro quanto o outro."

De fato, mas, afinal, não era para conversar com seu colega coveiro que Joachim fazia visitas assíduas à Volksbuch.

"Quando Bélial parou de vir?"

"Deve fazer uns três meses que não o vemos."

"Sabe por quê?"

"Nenhuma idéia. Talvez porque Nathan esteja mal."

Difícil saber se ela dizia a verdade. No entanto, resolvi acreditar que sim. Ela não sabia mais nada porque Nathan nada lhe dissera. Ele não devia ser dado a confidências. Eu pensava de novo nas queimaduras de seu antebraço, gostaria de perguntar a Lust a razão delas, mas, dessa vez, preferi parar por aí. O que, para minha grande tristeza, não me deixava mais muito o que dizer.

Fez-se um longo silêncio entre nós, que ela rompeu me oferecendo outro uísque.

Deu-me um copo cheio até a boca, que esvaziei de um gole e ela encheu de novo. Uma tonteira gostosa me invadiu, e tomei coragem:

"Poderíamos jantar juntos, que tal?"

"O senhor sempre faz esse tipo de convite depois de um interrogatório?"

"Nem sempre, não propus nada a Lazare Cornélius."

Ela caiu na risada.

"Então, fico muito lisonjeada, senhor Marlaud, mas infelizmente há esse pobre Nathan: vou vê-lo toda noite na clínica, sabe."

Seu número de viúva desconsolada me pareceu meio desconchavado. Pus meu copo em cima do bar.

"Paciência", disse, entregando-lhe meu cartão. "Se estiver livre uma noite dessas, me ligue."

Depois fui até a porta.

"Espere, acho que vai dar."

"Quando?"

"Esta noite, era o que o senhor propunha, não era?"

11

Marquei encontro com ela às nove horas, no La Table d'Anvers, o restaurante chique da avenida Trudaine. Uma noite em que Antoine tinha me convidado para ir lá, avistei o psicanalista do andar de baixo, em companhia de uma mulher de cabelo castanho avermelhado e olhos verdes muito claros. Imaginei que ela podia ser uma pintora, talvez a autora dos quadros da sala de espera, e pensei que era o lugar ideal para jantar com uma mulher bonita.

Só que depois de uma hora e cinco aperitivos, o lugar deixou de me parecer ideal — Lust ainda não tinha chegado. Nas mesas ao redor jantava uma clientela elegante, na maioria casais. Eu era o único que levara o bolo. No sexto uísque, comecei a dormir e sonhar que fazia a dança dos pãezinhos para Lust, como Chaplin em *Em busca do ouro*, quando um garçom me avisou que me chamavam ao telefone.

Era Lust.

"Estou presa na clínica", ela disse, "Nathan precisa de mim. Não me queira mal, mas terá de ficar para outro dia."

Tive a certeza de que ela mentia, mas não me via fazendo uma cena ao telefone.

"Tudo bem", respondi, "me avise quando puder. Se minha velha tia me deixar em paz, com seu mal de Alzheimer, irei correndo encontrá-la."

Para me consolar, pedi um filé chateaubriand regado a um Pétrus 1979. Quando terminei o jantar, voltei para casa, depois de dispensar a limusine e o motorista que me esperavam na frente do restaurante. Ele me deixou um número de telefone onde eu poderia achá-lo dia e noite, e então, como bom empregado estiloso, me desejou boa noite.

Na secretária eletrônica encontrei um recado de Antoine. Pedia que eu ligasse no dia seguinte. Fora isso, dois ou três recados sem importância, como um que me informava que eu podia ganhar um quarto de dormir Segundo Império se apertasse a tecla asterisco do meu telefone.

Acordei tarde.

Tomei um banho, me vesti e desci para um bar na rua Rodier, onde engoli um café com croissants. Quando subi de novo, era meio-dia e meia, encontrei três ligações de Valdès na secretária. Ele me pedia para passar lá imediatamente. Logo liguei para Caronte solicitando que fosse me buscar.

"Pô, que diabos você anda fazendo?", exclamou Antoine quando toquei a campainha. "Impossível achá-lo."

Na sala de espera estava plantado um cara com jeito de importante. Era o tipo de cliente que devia lotar seu escritório. O homem se levantou, certo de que seria recebido imediatamente, mas Antoine nem lhe dirigiu um olhar e me fez entrar direto em sua sala.

"Tem novidades?", perguntou, fazendo sinal para que eu sentasse, enquanto se instalava na minha frente.

"Tenho. Fui à Volksbuch Company. Bélial ia ver Nathan uma ou duas vezes por mês. Depois passava para ver Lazare Cornélius, o preposto. E a cada vez, pelo visto, Nathan ficava muito mal."

"O que você deduz disso?"

"Uma chantagem. Bélial pensa herdar a Volksbuch com a morte de Nathan, mas também tira proveito dele vivo."

Antoine foi pegar uma garrafa de Glenmorangie no bar, encheu dois copos e me ofereceu um.

"O que diz o preposto?"

"Nada. Não engole Stanislas, então não é muito cooperativo. Foi a secretária que me abriu o jogo."

"Você tem outra coisa que confirmaria a chantagem?"

"Segundo a secretária, Bélial não pôs os pés na Volksbuch nos últimos três meses. O que coincide com o incêndio da Argiron. Eu não tinha lhe contado porque queria saber mais, mas quando vi Nathan na clínica ele tinha vestígios de queimaduras no antebraço. Acho que a sua hipótese está certa, ele deve ter posto fogo na gráfica, para eliminar Bélial ou para lhe dar o maior susto de sua vida."

"Ou para recuperar o reconhecimento de dívida."

"Talvez, mas não a encontrou. Gostaria de saber por que não mandou alguém em seu lugar."

"Simplesmente porque o negócio era grave demais para confiá-lo a outro. A secretária lhe falou disso?"

"Não. Ele não contava tudo para ela, embora fizessem sacanagens juntos."

"Ela lhe contou isso?"

"Parecia evidente. Voltando ao nosso assunto, vejo as coisas da seguinte maneira: Nathan tem uma infância miserável no Rio, morre de vontade de se dar bem na vida, mas ninguém se torna fabulosamente rico apenas estalando os dedos. Então, tem de fazer coisas não muito católicas. Bélial está perfeitamente a par dessas coisas e pode ferrar com a vida dele. Daí o reconhecimento de dívida que o faz assinar em 30 de abril de 1952 e confirmar em 30 de abril de 1976, em Munique. Mas, ao contrário do que se pensava, Bélial não espera a morte de Nathan para receber sua fortuna: há muito tempo lhe dá umas facadas. Não é idiota, sabe que quanto mais dinheiro Nathan acumular, mais ele ganhará. Então, tem o bom senso de não matar a galinha dos ovos de ouro."

"E sua gráfica? Para que serviria?"

"Talvez fosse uma fachada para o fisco ou para a polícia. Quem iria se interessar por um iluminado fanático por ciências ocultas? Mas talvez ele tivesse um real interesse por essas coisas. Afinal de contas, ele pode ter um hobby. Não acho que seja muito importante."

"Admitamos, mas por que Bélial não continua o negócio com Stanislas? Que a galinha dos ovos de ouro seja Nathan ou Stanislas, qual a diferença?"

"Com Stanislas a chantagem talvez não funcionasse. As provas talvez só comprometam Nathan. Daí a necessidade de pôr a mão nos bens quando ele morrer. Claro, trata-se apenas de uma hipótese. Primeiro é preciso descobrir como e baseado em quê Bélial chantageava Nathan."

"Você acha que Stanislas sabe?"

"Não tenho idéia. Ele quer apenas o reconhecimento de dívida. Talvez não deseje que eu saiba coisas demais."

"Você está coberto de razão", ele disse depois de uma curta reflexão. "Era também o que eu queria checar quando aumentei o preço que você cobraria de Stanislas. Que ele tenha aceitado com tanta facilidade confirma que estamos diante de um negócio gigantesco."

Eu entendia por que Antoine era considerado um dos mais temidos advogados da praça.

"Marquei um encontro entre você e Chapireau", ele continuou. "Ele vai desarquivar o processo do incêndio da Argiron & Fils. Foi quem se ocupou disso. Ele o espera na delegacia."

Antes de sair, disse a Antoine:

"Tendo em vista a importância do negócio, poderíamos talvez pedir a Stanislas mais um adiantamento."

"Deu para ter gostos de luxo?", ironizou. Mas acrescentou, mais sério: "Seria um erro. Stanislas poderia desconfiar que temos dúvidas. Oficialmente trabalhamos para recuperar o reconhecimento de dívida. Vamos primeiro pôr a mão em alguma coisa interessante para então sacar o revólver. Por ora, vamos nos limitar ao que ele já nos deu. Duzentos e cinqüenta mil francos mais uma limusine com motorista, você jamais ganhou tanto em três dias."

E me acompanhou à porta de seu escritório. Na ante-sala,

provavelmente achando que chegara a sua vez, o cara com jeito de importante se levantou num pulo, mas Antoine não prestou atenção nele.

Quanto a mim, eu estava decepcionado por causa do malogro da proposta de adiantamento. Mas, de fato, era inútil despertar a suspeita de Stanislas.

12

O guarda que estava de plantão não acreditou quando viu a limusine estacionar na porta da delegacia. Por pouco não bateu continência quando passei na frente dele.

A delegacia de Chapireau ficava para os lados da estação du Nord, pertinho da avenida Trudaine. Toda vez que eu ia lá achava que o prédio estava mais decrépito. Não me espantaria se um dia o visse ruir e virar pó. Com o calorão ajudando, tinha-se a impressão de ter desembarcado em pleno Terceiro Mundo. A sala onde entrei era minúscula, mas conseguiram pôr ali dentro várias mesas, entre as quais era quase impossível passar. Em cada mesa havia um computador que parecia saído de um depósito. Eram, na maioria, ainda mais velhos que o meu, o que é uma façanha de que só uma repartição pública é capaz. No fundo da sala, num cantinho gradeado, ficava o xadrez, onde mofavam uns mendigos e prostitutas que não destoavam do cenário.

Chapireau logo me fez entrar na sua sala. Era um homem de uns quarenta anos, talvez um pouco mais, e de sua pessoa emanava um ar de inteligência e cordialidade bastante raro num policial. Eu o havia encontrado durante o caso de uma garota que fugira de casa. Os pais, aflitos, tinham se dirigido a ele e a mim ao mesmo tempo. Em vez de ficarmos atrapalhando o trabalho um do outro, colaboramos, e alguns dias depois a fujona voltava ao lar. Disso nasceu uma simpatia recíproca, e Valdès, que o conhecia bem, também havia contribuído para essa aproximação, pois por seu intermédio de vez em quando trocávamos informações úteis para nossas investigações. Também me acontecera ver Chapireau conversar amigavelmente com o psicanalista que morava no andar de cima de Valdès. Era estranho, mas eu tinha a impressão de que isso igualmente contribuía para nos aproximar. Várias vezes Chapireau tentara me convencer a entrar para a polícia oficial: "Detetive particular, isso aí não leva a lugar nenhum", ele dizia, "conosco você vai estar muito melhor". Talvez tivesse razão, mas o estado de sua delegacia não era dos mais adequados para suscitar uma vocação.

A sala em que me recebeu parecia em melhor estado que a sala vizinha, embora o calor fosse forte do mesmo jeito. Na parede atrás de sua mesa havia um quadro pendurado, representando uma mulher vestida como no início do século XX. Seus cabelos puxavam para o ruivo e seus olhos muito claros pareciam fixar o observador. O quadro não estava ali da última vez que nos vimos, mas eu tinha a impressão de já tê-lo visto, não me lembrava onde.

Chapireau flagrou meu olhar.

"É um Matisse", disse sorrindo, "*La fille aux yeux verts*, e data de 1906. Gosto desse quadro. Claro, é uma reprodução, não tenho meios de comprar originais. Você é amante da pintura, Marlaud?"

E, sem esperar minha resposta, me fez sinal para sentar e começou: "Valdès me disse que você se interessa pela Argiron & Fils. Era uma gráfica que editava obras de esoterismo, coisas desse tipo. Pegou fogo há três meses. Para mim foi um ato criminoso. Um incêndio que destrói tudo em alguns minutos não é comum, sobretudo quando se encontram no local galões de gasolina. Mas não pude me ocupar desse caso como gostaria. Pouco tempo depois, fui afastado da investigação. Foi um colega que a retomou."

"Ele não encontrou nada?"

"Absolutamente nada. É claro que também pensava que o fogo não tinha começado sozinho, mas não descobriu o incendiário. Para ele, podia ser o proprietário: um certo Joachim Bélial. Ele gostaria de receber o seguro. Só que desapareceu, pensou-se que teria morrido no incêndio, mas como ninguém encontrou seu cadáver, imaginou-se que teria fugido para o exterior. Também desconfiamos de seus dois empregados, mas a investigação mostrou que eles não estavam lá naquela hora. Do meu lado, estou convencido de que Bélial não tem nada a ver com isso, pois o negócio ia relativamente bem e ele não tinha o menor interesse em incendiar a gráfica. Tanto mais que o seguro não lhe pagou um tostão. Se quis se fazer de esperto, se deu mal."

"O caso está arquivado, portanto?"

"Não propriamente, podemos reabri-lo se surgir algum elemento novo. Mas isso me surpreenderia. Um monte de loucos reivindicaram a autoria do incêndio, diziam pertencer a seitas de todo tipo, explicavam que as forças ocultas se vingavam do fato de que alguém tivesse lucro à custa deles. Você conhece a ladainha. Pelo que sabíamos, Bélial era apenas um louco manso. Vendia suas baboseiras a gente de sua espécie, maluquinhos, mas não perigosos. De qualquer maneira, não fazia nada de ilegal."

"O que mais você sabe sobre Bélial?"

"Pouca coisa. Era um solitário. Provavelmente um solteirão, grande amante das ciências ocultas. Fora seus dois empregados, Benoît Ralph e Stéphane Robin, solteiros também, ele não conhecia ninguém."

Essas respostas me deixaram perplexo. Depois de Lust, que tinha apresentado Bélial como um sujeito sem interesse, Chapireau fazia dele um velho solteirão pacífico. Nada disso combinava com o chantagista que extorquia dinheiro de Nathan. Ou não estavam falando sobre a mesma pessoa, ou então ele era alguém tremendamente perigoso.

"Você parece cético", observou Chapireau.

"Talvez", respondi prudentemente. "Por ora estou me

informando, depois veremos... Acha que é possível encontrar os empregados de Bélial?"

"Não creio. Benoît Ralph morreu pouco tempo depois do incêndio. Era um sujeito frágil, que tinha passado várias temporadas num hospital psiquiátrico. Ele se suicidou com barbitúricos. Convencido de que seu patrão tinha morrido no incêndio, não suportou a perda." Diante de meu ar de dúvida, acrescentou: "Não foi um assassinato, lhe garanto. Verificamos, e de fato ele pôs fim a seus dias".

"E o outro?"

"Stéphane Robin: perdemos o rastro dele. Um sujeito curioso, uma força da natureza, segundo os vizinhos. Bélial o teria contratado por caridade. Correu o boato de que tinha virado mendigo. As buscas nos albergues noturnos, nas associações de caridade, no metrô não deram nenhum resultado, e ninguém conseguiu encontrá-lo. Mas talvez meu sucessor tenha procurado mal", disse num tom levemente sarcástico.

"Onde ele morava antes do incêndio?"

"Na gráfica. Tinha um quartinho. Mas naquela noite não estava lá, verificamos." Ele pensa um instante: "Houve uma testemunha do incêndio. Aliás, foi quem avisou a polícia. Quer os dados dele?".

Pegou uma caderneta e copiou um endereço num post-it.

"Bruce Wagner, rua de l'Evangile, 28, bem em frente à gráfica. Talvez você tire alguma coisa dele. Com a polícia, nem sempre as pessoas são tagarelas."

"E você gostaria que eu entrasse para a polícia?", retruquei brincando.

Ele fez um gesto fatalista como para dar a entender que não alimentava nenhuma ilusão.

"Por que você está interessado nessa história?", perguntou.

Eu esperava a pergunta.

"A Volksbuch Company tenciona comprar o terreno da gráfica. Mas, primeiro, o administrador deseja saber mais detalhes sobre as circunstâncias do incêndio. Valdès deve cuidar dessa transação, e quer que eu faça uma investigação."

"Então você quer encontrar Bélial", ele disse.

"Mais ou menos. Se ele está no exterior, me espantaria que se deslocasse para marcar um encontro comigo. Essa testemunha" — olhei seu nome no post-it — "deve ser suficiente."

Chapireau me olhou com um ar distante. Eu não tinha certeza de tê-lo convencido. Era um sujeito suficientemente esperto para não se deixar tapear. No entanto, tive a impressão de que não era sobre isso que refletia.

"É uma curiosa coincidência", acabou dizendo. "Nathan Josufus está morrendo, e a Volksbuch gostaria de comprar esse terreno."

Olhei para ele, surpreso.

"E daí?"

Não respondeu logo, acendeu um cigarro e mergulhou de novo em suas reflexões. Algo o inquietava. Parecia que hesitava sobre a atitude a tomar. Finalmente, se decidiu.

"Provavelmente eu deveria guardar isso comigo, mas tenho confiança em você, Marlaud. E depois, nunca se sabe, talvez você descubra coisas que me escaparam nessa história." Um silêncio, e em seguida: "Óbvio, o que vou lhe contar é estritamente confidencial... Sabe, se me afastaram dessa investigação foi porque tenho bons motivos para crer que Nathan Josufus estava metido nesse incêndio".

13

Peguei o maço de cigarros e acendi um com o isqueiro dele, que estava em cima da mesa.

"E olhe", continuou Chapireau, "que eu dispunha de elementos sólidos. Mas Nathan Josufus tinha relações suficientes para impedir que eu vasculhasse seus negócios."

"O que é que você tinha como elementos?"

Ele tirou da gaveta uma caixa de metal. Dentro, uma página de jornal dobrada em quatro, um pedaço de pano cinza *pied-de-poule* e um objeto que parecia uma jóia de ouro.

"Veja o que encontrei nas ruínas da gráfica. Isso não interessou a ninguém, nem mesmo ao laboratório. E então guardei tudo comigo... Lembranças de uma investigação que jamais começou", disse com ar amargo.

Observei a jóia. Era um objeto de valor, sem dúvida. Tinha derretido nas chamas, só restava uma espécie de brasão representando uma serpente verde enrolada sobre si mesma.

"O que é isso?"

"Alguma coisa que vale uma fortuna. O dono devia ser um homem rico."

"E daí?"

Ele desdobrou a página de jornal, me mostrou uma foto de Nathan, e depois me entregou uma lupa.

"Olhe bem, o alfinete de gravata de Josufus, o brasão com a serpente enrolada sobre si mesma."

Não havia dúvida, era o mesmo brasão, no meio do alfinete de gravata.

"Agora examine o terno dele", disse me entregando o pedaço de tecido.

E, de novo, batata: um terno cinza de tecido *pied-de-poule*, como o retalho sobrevivente do incêndio.

"E apesar disso não deram continuidade à investigação?"

"Consideraram que isso não provava nada, que podia pertencer a qualquer cliente de Bélial."

"Ou talvez a alguém que se fizesse passar por Nathan Josufus."

"Pensei nisso, razão pela qual queria encontrá-lo, mas é impossível. A secretária alegava que ele estava no exterior, que não dava para falar com Nathan."

Pensei que ele devia estar cuidando de suas queimaduras.

"De qualquer maneira", continuou Chapireau, "eu não podia fazer nada, não tinha mandato."

"Então você abandonou o caso?"

"Não totalmente. Fui ver o preposto dele, um certo Lazare Cornélius. Ele podia ter coisas a contar."

"E contou?"

Ele começou a rir.

"Tive de apertá-lo um pouco para ver o computador dele. Mas valeu a pena: duas vezes por mês, Lazare Cornélius manipulava curiosas circulações de capital, que ele camuflava graças a um sistema de escrituração muito complexo. Eram grandes saídas de dinheiro líquido. Quatro ou cinco milhões de francos a cada vez! Primeiro pensei que desviava dinheiro. Porém ele não me pareceu do gênero. Curiosamente, essas operações desapareceram depois do incêndio da Argiron & Fils."

"Caramba!"

"Pois é. O chato é que Lazare Cornélius fez um bafafá dos diabos. Como minha investigação era ilegal, quase fui demitido, e é óbvio que não deram a menor bola para o meu inquérito. Mas, bem, não é a primeira vez que tenho problemas com minha hierarquia."

Mesmo sabendo o que ele ia responder, não consegui deixar de fazer a pergunta.

"E o que você conclui disso?"

"O que qualquer um teria concluído em meu lugar. Esse dinheiro servia para pagar uma chantagem. Quando grandes quantias de dinheiro líquido saem de um banco, deve-se comunicar à polícia. Pois poderia se tratar, por exemplo, de um seqüestro. Como esses bancos pertencem a Nathan Josufus, evidentemente eles nada comunicaram, o que confirma essa hipótese. Fiz minha investigação sobre Josufus. Estranha figura. Conta-se um bocado de coisas a respeito dele. Que teria nascido — insisto no 'teria', pois com ele nada é garantido — no Rio de Janeiro. Mas de acordo com outras fontes teria sido na Alemanha, em Rod, perto de Weimar, ou em Heidelberg. Conta-se também que seus pais moravam em Salzwedel, na Nordmark. Mas não dá para averiguar nada, tanto mais que Nathan possui um número impressionante de passaportes. Verdadeiros e falsos. Mas nenhum Estado o perseguiu por causa disso."

"Devem ter bons motivos."

"Sem dúvida. A benevolência de todos eles deve ter sido negociada por um alto preço. Isso não ajuda a descobrir de onde vem Josufus. Eu diria que ele nasceu na Alemanha, onde também fiz pesquisas. Depois da derrota, o país estava em pleno marasmo, era um maná para indivíduos sem escrúpulos, mesmo os que estavam na faixa dos vinte anos, como Josufus na época. Muitos viraram delinqüentes, ele entrou no mundo dos negócios. Na época era conhecido como Nathan Wurt, uma referência a Wurtemberg, de onde ele pretende ser oriundo. Com esse nome se dedicou a vigarices de todo tipo. Em troca de dinheiro, prometia aos nazistas uma fuga garantida para a América Latina. Depois de pago, entregava-os aos americanos, para receber a gratificação. Esse comércio foi se tornando tão rendoso que ele chegou a denunciar qualquer pessoa. Isso lhe dá uma idéia do personagem. Foi preso uma vez, mas conseguiu convencer os Aliados de que agia de boa-fé. Os Aliados o teriam contratado oficialmente para caçar os criminosos de guerra. Ele ajudou alguns a fugir, e mandou prender outros. Apesar de sua juventude, teria servido de exemplo aos vigaristas mais aguerridos."

Eu o ouvia sem disfarçar o espanto. Embora estivesse convencido de que Nathan Josufus não tinha enriquecido honestamente, eu estava longe de imaginar isso.

"As façanhas dele não param aí", Chapireau continuou. "Uma de suas vigarices favoritas consistia em propor investimentos lucrativos a pessoas modestas. Ele trabalhava para os americanos, portanto parecia digno de confiança. Os que confiaram nele nunca mais botaram o olho em suas economias. Entre a caça aos nazistas — verdadeiros ou falsos — e as tramóias, o enriquecimento de Josufus foi tão fulgurante que passaram a chamá-lo de O Manipulador — manipulador de pessoas e de dinheiro —, apelido retomado mais tarde pela imprensa."

"Portanto, você acredita na hipótese alemã?"

"Acredito; de qualquer maneira, a situação dele tinha se tornado insustentável. Os nazistas queriam sua pele, os membros da resistência que denunciava multiplicavam os processos, assim como aqueles que ele havia extorquido. Em suma, os Aliados não sabiam mais o que fazer com um agente tão incômodo. A prisão dele era iminente, mas Nathan conseguiu fugir. Foi para Hamburgo, de onde embarcou para os Estados Unidos. De lá, foi para o Brasil, onde viveu sob seu nome verdadeiro."

"Mas dizem que ele teria nascido no Rio."

Ele deu uma risada desiludida.

"Pergunto-me se o próprio Nathan Josufus sabe onde nasceu. Quando chegou ao Rio, não tinha um tostão no bolso, a fuga o obrigou a abandonar toda a sua fortuna, mas ele a refez muito depressa. Teria se envolvido com contrabando e outros negócios escusos. E teria entendido então uma coisa que salta aos olhos de todo mundo, menos dos imbecis: um Estado é implacável com os que não lhe oferecem nada. Na polícia sabemos muito bem disso. Quase todos os Estados são esquizofrênicos, combatem com uma das mãos o que mantêm com a outra. Desde o proxeneta, que rende dinheiro ao fisco, até o narcotraficante, que participa da expansão da economia. Quando isso se torna muito visível, prendem-se alguns do segundo escalão. Mas os outros, aqueles que são bastante espertos para se tornarem indispensáveis, esses não precisam ter a menor preocupação."

Eu começava a entender por que Chapireau tinha problemas com sua hierarquia. Se continuasse a pensar assim, poderia esperar sentado por uma promoção.

"Nathan administrou uma hábil rede de corrupção", continuou. "Não embolsava o menor lucro sem dividir com pessoas influentes, sem alimentar os partidos políticos, de direita ou de esquerda, para ele tanto fazia, sem armar uma dessas ditaduras que existem aos montes no planeta e, é claro, sem esquecer de investir seu dinheiro em paraísos fiscais. Foi assim, aos poucos, e graças a corrupções de toda espécie, que surgiu o imenso império do qual agora é dono."

"E o que Bélial tem a ver com essa história?"

"A meu ver, descobriu provas tão arrasadoras contra Josufus que nem o Estado mais complacente poderia fechar os olhos. Foi decerto por isso que a gráfica foi incendiada. Josufus queria destruir essas provas e se livrar de Bélial, de uma tacada só. É provável que tenha conseguido. É por isso..." Parou um instante, parecia refletir, e depois continuou: "Sabe, Marlaud, você não tem hierarquia para freá-lo. É por isso que, se por acaso descobrir essas provas ou o que quer que seja que permita a reabertura do inquérito, não hesite em me avisar".

Na verdade, ele desejava que eu prosseguisse a sua investigação. Prometi. Era o mínimo que podia fazer, pois o que acabava de me contar confirmava, além de tudo o que eu podia imaginar, minhas próprias hipóteses.

Nesse momento ele se levantou para me indicar que a

conversa tinha terminado. E, coisa inabitual, me acompanhou até a porta da delegacia.

"Você está bem de vida, Marlaud!", exclamou ao ver a limusine. "Foi a Volksbuch ou Valdès que pôs essa máquina à sua disposição?"

"Trabalhar como detetive particular não tem só inconvenientes", respondi quando me dirigia para o carro. "Você devia experimentar."

14

Não sei se ele apreciou a brincadeira, mas senti seu olhar às minhas costas, enquanto Caronte segurava a porta para que eu entrasse.

Ofereci mentalmente minha solidariedade ao guarda de plantão que derretia na canícula, depois mandei meu motorista circular por onde quisesse, enquanto eu refletia.

Chapireau confirmara minhas suspeitas. Sem a menor dúvida, Nathan (com seus cúmplices?) tinha incendiado a Argiron & Fils. Será que tentara primeiro recuperar o reconhecimento de dívida e as provas comprometedoras que podiam estar escondidas lá dentro? Como não as encontrara, ateara fogo na gráfica. Sem dúvida, parecia estranho esconder documentos dessa importância num lugar daqueles. Bélial poderia tê-los entregado a um advogado ou até mesmo à Pickelhäring & Co. Mas, nesse caso, será que estariam em lugar seguro? A fortuna dava a Nathan um poder imenso. Ele não conseguira que fosse arquivado o inquérito sobre o incêndio da Argiron & Fils? De qualquer modo, não havia encontrado nada, pois Bélial continuava com o documento que lhe permitia espoliar Stanislas.

Será que Nathan desejara simplesmente intimidar Bélial? Era difícil imaginar que alguém o afetasse a esse ponto. Mas o fato é que a chantagem cessara depois da destruição da gráfica.

Pensei então em Félix Sarzosky, meu amigo da imprensa de celebridades. Podia ser útil retomar o contato com ele.

Liguei para o número registrado no meu celular. O tom de sua voz me indicou na mesma hora que estava sóbrio, o que, no caso, achei mais aconselhável.

"Uma simples informação", eu lhe disse. "Imagino que atualmente você esteja em cima dessa história."

Expliquei a razão do meu telefonema.

"Você está coberto de razão!", ele exclamou quando terminei. "A Pickelhäring & Co. de fato pertence a Nathan Josufus. Aliás, há cinco anos ele teve um caso com uma das filhas Pickelhäring, uma certa Maud Pickelhäring. Uma ninfomaníaca completamente pirada. Estou preparando uma reportagem sobre isso, vai dar o que falar."

Ainda bem que não entrou nos detalhes. Com o que acabava de me contar eu não tinha mais dúvida: em nenhum lugar aqueles documentos estariam em segurança. Por isso Bélial tinha preferido escondê-los na gráfica. O que estava longe de ser uma bobagem, quando se pensa que Nathan esperara aquele ano para pensar nisso. É provavel que antes tivesse passado no pente-fino todos os bancos, companhias de seguros, escritórios de advogados, tabeliães ou juristas aos quais Bélial poderia ter entregado os documentos. Em desespero de causa, Nathan resolvera vasculhar a Argiron & Fils, com os resultados que se sabe.

"Será que você também tem alguma pista sobre o pequeno Josufus?", perguntei. "Nada de histórias de baixo nível para essas porcarias dos seus jornais, mas coisa séria."

"Não sou eu que estou acompanhando o caso, mas posso me informar. Ligo para você assim que tiver alguma coisa. Por que você se interessa por Josufus? Ele lhe deve grana?"

"Não a mim, mas à zeladora do prédio dele. Ela queria saber se ele tem como pagar."

Depois me despedi, prometendo-lhe um pileque monumental no nosso próximo encontro. Mas eu sabia que minhas perguntas o intrigaram e que ele não me largaria tão cedo.

Nisso, o celular tocou. Era Antoine, de novo.

"Como foi com Chapireau?"
Fiz um resumo da conversa.
"Isso confirma a tese da chantagem e do incêndio criminoso", ele aprovou. "Foi por isso que tiraram o inquérito das mãos de Chapireau. Nathan é homem influente. O que você imagina fazer agora?"
"Vou voltar ao preposto. Talvez dessa vez ele esteja mais falante."
"Não o aperte muito", ele disse ao desligar.
Olhei para a rua. Fazia tanto tempo que Caronte estava circulando que acabou indo parar no 8º *arrondissement*, na rua François-Ier, perto da clínica de Nathan.
"Pare aqui", pedi quando chegamos na altura do número 44, diante da loja Smalto.
Indiferente aos motoristas, obrigados a frear de repente, ele parou. Disse-lhe para voltar dali a uma hora e atravessei os dez metros de calor escaldante que me separavam da loja.
Felizmente, o ar-condicionado funcionava a toda. Encomendei dois ternos de verão, um bege e outro verde bem claro, mais algumas gravatas e lenços combinando, camisas, meias, seis cuecas e um par de sapatos bordô que iam muito bem com os dois ternos. O kit do detetive particular elegante. Mandei fazer os consertos necessários. Uma hora depois Caronte parava em fila dupla defronte da loja e levava os pacotes para a limusine.
Em seguida, me deixou na rua Rodier.
"Espere-me aqui", eu disse.
Não fazia questão que ele descobrisse meus quartinhos de empregada. Talvez se espantasse ao me ver transportando pacotes tão pesados, mas, como motorista educado, ficou impassível. Instalou-se dentro da limusine com ar-condicionado, enquanto eu, carregado como uma mula, começava a escalar meus seis andares. Não tinha subido três quando percebi que suava em bicas. Precisei de uns bons dez minutos, fazendo uma pausa a cada meio lance, para chegar em casa. Pare-

cia que eu entrava num forno. Tudo, inclusive o ar que se respirava, era insuportável. Diretamente exposto aos raios do sol, o telhado do prédio era uma reserva de calor difundido em altas doses dentro do meu quarto. Depois de ter me servido de um Glenmorangie, abri os pacotes, preparei o terno bege e a camisa, a gravata, o lenço, a cueca, as meias e os sapatos combinando, de modo a vesti-los ao sair do chuveiro e dar no pé o quanto antes daquela estufa.

Meia hora mais tarde, entrava na limusine com uma verdadeira sensação de bem-estar. Eram mais de oito horas, mandei Caronte me levar ao La Table d'Anvers. Começavam a me conhecer e me serviram com presteza.

Às nove e meia eu tinha acabado de jantar, voltei para a limusine e encontrei Caronte, que havia comprado um sanduíche no Jean Bart, o café embaixo do escritório de Antoine.

Pedi-lhe que me levasse à rua de l'Evangile.

Queria ver como eram os restos da gráfica. E depois, queria interrogar Bruce Wagner, o vizinho que tinha visto tudo. Algo me dizia que não seria inútil.

Naquela noite eu me sentia muito intuitivo.

15

Paramos diante das ruínas da gráfica. Quando saí da limusine, um forno escaldante me envolveu. Embora fosse noite, o calorão não refrescava. Talvez por isso quase todas as janelas dos prédios estavam abertas. Os clamores que vinham lá de dentro me lembravam que naquela noite o Paris-Saint-Germain jogava com o Auxerre. De início previsto para o estádio do Parc des Princes, o jogo fora transferido para Bercy, onde o ar-condicionado evitava que os jogadores tivessem de correr atrás da bola com uma temperatura próxima dos quarenta graus. Todo mundo estava grudado na tevê, o que explicava que as ruas estivessem desertas.

Da gráfica Argiron & Fils só subsistia a fachada. Ela se erguia sinistra e escura na noite. Contornei-a, e do outro lado encontrei uma montanha de cinzas em que eu afundava a cada passo. Chapireau tinha demonstrado um notável senso de observação ao descobrir ali dentro o alfinete de gravata de Nathan. Agora nada restava que pudesse me servir de informação.

De volta ao carro, disse a Caronte que buzinasse tão forte quanto possível. Uma barulheira ensurdecedora encheu a rua. Cabeças apareceram nas janelas no mesmo instante em que um clamor triunfal me avisou que o Paris-Saint-Germain acabava de fazer um gol. Os que foram até a janela devem ter me amaldiçoado. Se Bruce Wagner era um deles, ao ver meu carro saberia com quem estava lidando.

Seu prédio ficava bem defronte à gráfica. Era sujo e vetusto. Um fedor nauseabundo me agrediu assim que entrei, era um cheiro entranhado no corredor, que não devia ser lavado há anos. Numa das paredes havia umas caixas de correio, desconjuntadas, e uma delas me indicou o apartamento dos Wagner.

Quinto andar à direita, sem elevador, evidentemente.

A luz da escada não funcionava, tive de subir no escuro. A cada andar me chegava um novo lance do jogo. No segundo, um grito de decepção me fez saber que o Paris-Saint-Germain acabava de perder um gol; no terceiro, que estava prestes a perder outro; no quarto, uma chuva de palavrões saudou um erro do juiz; e no quinto toquei a campainha de Bruce Wagner. Ele levou um tempo para abrir. Era a caricatura, em grau extremo, do torcedor fanático diante da tevê. A julgar pela pança que lhe escapava da calça, seu único esporte consistia em beber cerveja durante o jogo. No mais, tudo nele denunciava a saúde ruim: a postura curvada, os braços descarnados que saíam de um colete sujo, as olheiras e os raros cabelos brancos espalhados por sua cabeça minúscula.

"O que deseja?", ele perguntou num tom raivoso.

Visivelmente eu o incomodava.

"Preciso conversar com o senhor, não vou lhe tomar muito tempo."

Ele me olhou mais atentamente e me reconheceu.

"Era o senhor que estava fazendo toda aquela zoeira com a buzina do carro? Por sua causa quase perco o gol."

Nesse instante, um hurra ressoou no quarteirão.

"E agora o senhor me fez perder mais um!", ele disse, irado, tentando fechar a porta no meu nariz.

Mas bloqueei a porta com o pé.

"Não se irrite, senhor Wagner, só uns minutinhos, não vai se arrepender, garanto."

No apartamento, uma voz gritou:

"Se é o homem do Cadillac, mande-o entrar!"

Bruce me deixou passar.

Entrei numa sala de estar que devia ser a metade de um

de meus quartinhos de empregada. Estava iluminada pelos clarões da tevê. No sofá em frente havia uma coisa que primeiro pensei ser um armário, mas depois, quando meus olhos se habituaram com a escuridão, percebi que era uma mulher. Nunca tinha visto nada igual. Parecia um imenso doce de creme largado sobre uma trouxa de trapos. Tudo o que podia evocar a humanidade era redobrado, e mesmo triplicado ou quadruplicado pela gordura. O rosto, o queixo, os braços, as pernas pareciam esses pernis de açougue, grudados a uma montanha de gelatina. Comparado com tal monstruosidade, um lutador de sumô parecia um magricela. Como foi que ela conseguiu passar pela porta para aterrissar no sofá? Eu só via uma explicação: um dia, ela se instalara ali e engordara. Ao vê-los assim, ela e o marido, pensei que os acasalamentos deles deviam se assemelhar aos de um yorkshire com um terra-nova.

"O que deseja?", ela grunhiu.

Para grande desespero do yorkshire, pus-me na frente da tevê e mostrei quatro notas de quinhentos francos.

Os olhos do terra-nova se acenderam.

"É meu dia de bondade", eu disse. "Escalei as escadas do prédio só para lhes dar esse dinheiro."

"Em troca de quê?"

"De algumas informações."

"Sobre quê?"

"Sobre o incêndio da gráfica."

"Ah, não! Isso não!", gemeu o yorkshire.

O cachorrão se virou para ele:

"Ninguém está falando com você!"

"Mas Huguette, eu já disse tudo para a polícia, por que eles vêm me amolar de novo? Porque o senhor é da polícia, não é?", ele me perguntou, inquieto.

"Idiota!", arrotou o terra-nova. "Você já viu tira andando de Cadillac e propondo duas mil pratas para responder às perguntas dele?"

A pertinência da observação o desconcertou.

"O senhor não é da polícia? Mas então, é o quê?"

"E o que é que você tem a ver com isso?", latiu o monstro. "Responda às perguntas, e ponto final."

"A senhora é o bom senso em pessoa, madame", observei.

"Pode ser, mas ele não vai responder por menos de três mil pratas, e é a mim que o senhor dará a grana."

"Tudo bem, mas por esse preço eu prefiro que a gente converse sem barulho ao fundo."

Desliguei a tevê. O yorkshire empalideceu, ainda mais que os clamores da vizinhança anunciavam um ataque iminente do Paris-Saint-Germain. Furioso, ele quis religar a tevê, mas o afastei brutalmente do aparelho. Ele desabou em cima do terra-nova, que o enviou de novo para o meu lado, com um peteleco. Tive a impressão de que o jogo de futebol prosseguia ali, com Bruce no papel da bola.

Finalmente, ele afundou numa cadeira e aceitou responder às minhas perguntas. Mas o que me disse não tinha nada de novo: no dia 24 de janeiro passado, por volta das duas da manhã, enquanto ele assistia à tevê, ouviu uma explosão, foi correndo até a janela e viu a gráfica em chamas.

"Em meia hora estava tudo queimado", ele disse.

"E os bombeiros? Não intervieram?"

"Levaram um tempão, como se estivessem esperando que aquilo queimasse totalmente."

"E depois?"

"Mais nada."

Agarrei-o pela camiseta.

"Você está me gozando?"

Ele me lançou um olhar amedrontado.

"O que mais o senhor quer?"

"O que você não disse aos tiras."

Para que ele entendesse que eu não estava brincando, dei-lhe uma violenta bofetada. Brotou sangue no canto dos lábios. Ele estava apavorado.

"Ou você abre o jogo ou eu recomeço", ameacei.

Ele se virou para o monstro. Ela nem se mexeu. Visivelmente, não iria socorrê-lo.

"Pois bem", ele começou, gemendo, "um pouco antes da chegada dos bombeiros vi duas pessoas saírem da gráfica. Um arrastava o outro, que parecia estar ferido. Os dois se encaminharam para um Mercedes grandão, estacionado um pouco mais longe."

"Como eram?"

"Por causa do frio eu não abri a janela, não vi direito. Eram duas silhuetas: a do ferido parecia pesadona, a outra era menorzinha. Batia no ombro do grandão, ou um pouquinho acima."

"Imagino que você não era a única testemunha. Os outros vizinhos também deviam estar na janela."

"Ah, não! O senhor acredite se quiser, mas com toda essa insegurança no bairro, as pessoas não prestam mais atenção nas explosões e nos incêndios. Os vizinhos acordaram depois, só eu vi tudo."

"Vamos admitir. E depois?"

"E depois? Acabou, é só isso."

Novamente agarrei-o pela camiseta.

"Sinto muito, não ganhei o que esperava em troca da grana."

"Conte ao cavalheiro", interveio o cachorrão.

"Mas Huguette, eu contei tudo! O que é que ainda tem para contar?"

Mais uma vez ele fez jus à minha mão no meio da fuça. Furioso, tentou me dar um pontapé nas tíbias, mas repliquei esmagando meu punho no seu nariz. Saiu sangue, que respingou no meu terno Smalto. Ao mesmo tempo, com uma flexibilidade inimaginável naquela massa de carne, o terra-nova deu um pulo e agarrou o marido pelo pescoço.

"Eu o faço falar, pode deixar", ela disse.

E lhe tascou um tabefe, desses de arrancar a cabeça. Ele desmoronou a seus pés, por pouco não caiu em cima da televisão. Tal como um lutador de luta livre, ela se jogou sobre ele e o imobilizou. Os olhos de Bruce expressavam um terror indizível. Sua boca escancarada engolia o ar desesperadamente. Mas, comprimidos sob o peso do paquiderme, seus pulmões não conseguiam respirar nem um só centímetro cúbico.

"Você vai falar, idiota?", o monstro rosnou.

A meu ver, ele tinha todo o interesse em se decidir bem depressa, do contrário nunca mais falaria com ninguém. Piscou os olhos para dizer que estava de acordo. O mamute se levantou, agarrou o outro pela gola e me entregou, como se se tratasse de uma trouxa de roupa suja.

"Ele é seu", ela me disse.

O yorkshire custou a retomar o fôlego.

"Embora fizesse um frio dos diabos, desci para olhar mais de perto", ele disse, "e foi então que um outro cara saiu da gráfica." Parou, e depois retomou: "Prometa que não vai repetir para ninguém. Se por acaso ele souber que eu falei, vai ser um horror".

"Prometo, mas quem era o cara?"

"Um empregado da gráfica, Stéphane Robin. Eu o conhecia. Quando me viu, encostou e puxou uma faca. 'Escute, se você contar a qualquer pessoa que eu estava aqui, considere-se um homem morto.' E deu no pé, porque os bombeiros chegaram."

"Onde posso encontrar esse homem encantador?"

"Não sei. Às vezes ele vem aqui, bebemos juntos, e ele vai embora. Nunca fica muito tempo."

"Só o suficiente para entornar a garrafa de aperitivo paga com o meu dinheiro", enervou-se o terra-nova.

Aquele casal começava a me horripilar. Agora que Bruce tinha me dito o que sabia, eu não via mais nenhuma razão para ficar ali com eles.

"Só me resta agradecer a vocês a amável cooperação", eu disse, pondo o dinheiro em cima da tevê.

Deixei-lhes também meu cartão.

"Se por acaso o seu amigo vier visitá-lo, me avise, e não serei ingrato."

Nesse instante, um clamor ecoou no quarteirão.

"Que azar", eu disse ao yorkshire, "o Paris-Saint-Germain acaba de fazer o terceiro gol."

16

No dia seguinte, acordei com um telefonema de Félix.
"Tenho informações sobre o seu protegido", ele disse.
"Qual protegido?"
"Está debochando de mim ou ainda está meio dormindo? Você queria informações sobre Stanislas Josufus, não queria? Pois eu as tenho, e não são nada tristes."
"Pois então diga, em vez de ficar me enrolando."
"Não por telefone, prefiro que a gente se encontre."
"Tudo bem, vamos almoçar. À uma no Tai-Fon, na avenida Trudaine, está bom?"
"Ótimo."
E desligou.
Eu bem que o convidaria para ir ao La Table d'Anvers, mas minha súbita opulência apenas excitaria sua curiosidade.
Era meio-dia, o que me dava tempo de sobra para ficar mais um pouco na cama com um café e um pão com manteiga. Tornei a pensar no que o yorkshire me dissera. Suas informações confirmavam que Nathan era mesmo o incendiário. Mas ainda faltavam elementos. Por exemplo, quem era o cúmplice de Nathan: Lazare Cornélius? Decerto, Nathan podia contar com ele, embora não fosse propriamente um baixinho. E depois, havia Stéphane Robin. Ele estava na gráfica na noite do incêndio e aterrorizava Bruce, para que calasse o bico.
Fiquei matutando sobre essas questões enquanto bebia meu café, depois fui tomar banho e, em seguida, enfiei uma camiseta e um jeans para não espantar Félix. Ao me olhar no es-

pelho, achei que não tinha reintegrado completamente meu lado pobretão. Alguns dias de luxo tinham me dado uma autoconfiança com a qual não estava habituado.

Fazia meia hora que Félix me esperava no Tai-Fon. A julgar pelo número de copos diante dele, estava no quarto ou quinto aperitivo. Sentei-me defronte, a garçonete trouxe o cardápio e me deu um sorriso de conivência.

"Faz tempo que não o vemos, senhor Marlaud", ela disse.

Exagerava, pois só deixara de ir lá depois da visita de Stanislas. É verdade que havia semanas em que eu ia lá todo dia. Gostava do lugar, com sua sala quadrada decorada num estilo asiático dos mais cafonas. As garçonetes eram sorridentes, e o preço da comida, aceitável. Bebi um uísque, depois pedi arroz cantonês com pato laqueado para dois, e uma garrafa de rosé supergelada. Félix aprovou a escolha.

"E então?", ele perguntou. "Por que você se interessa pelos Josufus?"

"Estou numa investigação. É possível que eu descubra coisas que vão dar o que falar, mas por ora não posso dizer nada."

"E você espera que eu lhe dê as informações assim, sem mais nem menos? Sem nada em troca?"

"Confie em mim, você não se arrependerá."

"Tem certeza?"

"Bem, vai depender do que eu descobrir. Talvez seja o caso do século, mas talvez não seja nada."

"Se for o caso do século, você não irá vendê-lo a quem der mais?". Ele ficou inquieto, entornando, um depois do outro, dois copos de rosé.

Talvez porque trabalhasse com uns sovinas, Félix era do gênero desconfiado. Eu ia lhe responder quando a garçonete trouxe o nosso pedido.

"É um risco a correr", disse, quando ela se afastou. "Se você está desconfiado, paciência."

"Mas me diga ao menos do que se trata."

"Um caso de sucessão. Talvez uma confusão no processo. Preciso verificar. Para isso preciso saber quem é exatamente Stanislas Josufus."

"Isso que você diz não é muito esclarecedor."

"Impossível lhe dizer mais. Você decide."

Ele engoliu um pouco do arroz, encheu mais um copo de rosé e o esvaziou de um só gole; depois, outro. Segui seu exemplo enquanto ele refletia. Félix mandou mais um copo e falou:

"Stanislas, na verdade Stanislas-Euphorion Josufus, nasceu em Neuilly no dia 30 de abril de 1976."

Pensei que talvez tivesse sido o tio Anatole que registrou o nascimento dele. Essa coincidência me espantou, mas não tanto como o segundo nome de Stanislas.

"Foi a mãe dele, uma certa Margaret von Gretchen, que fez questão desse nome", Félix me explicou. "Ela se interessava por todo tipo de mito. Euphorion era um dos filhos de Helena de Tróia, simboliza o gênio poético ou um troço assim, e ela gostou."

"Mas Stanislas não tem cara de ser muito chegado a poesias."

"Não, ele seria mais do tipo filhinho de papai, embora papai não tenha se ocupado dele. Quanto à mãe, era da velha nobreza alemã, tinha um sobrenome — Von Gretchen — e uma fortuna. Nathan gostou, pelo menos até lhe fazer um filho. Depois deixou de se interessar por ela. Tinha seus negócios e suas amantes. Então ela procurou em outros homens a ternura que lhe faltava. Mas seus casinhos não duraram muito. Em 1977, exatamente um ano depois do nascimento de Stanislas, foi internada numa clínica psiquiátrica e se suicidou no ano seguinte, na mesma data."

"Você quer dizer num 30 de abril?"

"Exato." Ele olhou a data no seu relógio: "Estamos no dia 26, é quase aniversário da morte dela. É curioso, esse 30 de abril que volta a toda hora. Seja como for, *exit* a esposa de

Nathan. Essa morte foi um bom arranjo para ele, que passou a fazer o que queria."

O que era só um modo de falar, já que, mesmo com a mulher viva, Nathan fazia o que queria. Fiz sinal para a garçonete trazer outra garrafa.

"Stanislas ficou entregue a si mesmo muito cedo", Félix continuou. "As governantas se sucederam, sem conseguir controlá-lo. Ele infernizava a vida delas. É em torno disso que meu colega prepara suas reportagens, sobre a infância de Stanislas Josufus."

"As donas-de-casa vão se debulhar em lágrimas. E o que mais?"

"Ele foi mandado para os internatos suíços mais finos. Aprendeu tudo o que um rapaz rico deve saber. Como se comportar à mesa, como escolher seus ternos e gravatas. Ensinaram-lhe a montar a cavalo, jogar tênis e golfe, falar inglês, e salpicaram tudo isso com um pouco de literatura, pintura e música, só para ele ter sobre o que conversar."

"É o que se chama de uma educação sólida."

"Isso mesmo. Só que Stanislas acumulou idiotices. Contam que depois de ter visto *O poderoso chefão*, de Coppola, decapitou um cavalo e enfiou a cabeça ensangüentada do animal na cama de um de seus colegas, para fazer uma brincadeira. Foi expulso do internato. Então o matricularam em outro, igualmente caríssimo. Lá ele caiu nas drogas, consumia para seu prazer e revendia aos colegas. Vai saber por quê, pois dinheiro no bolso é o que não lhe faltava. Mas fez pior, se é que se pode dizer assim. Junto com uns caras que encontrou sabe-se lá onde, assaltou lojas, para ter o prazer de ver um cara tremer diante de seu revólver. Também há ações movidas por suas colegas de internato. Ele teria surrado algumas e as estuprado depois. Digo 'teria' porque não houve processos judiciários, já que toda vez Nathan mexia seus pauzinhos e abria a carteira para abafar o escândalo. Não creia que era por amor paterno: simplesmente, seu filho na cadeia era algo que o deixava mal em matéria de respeitabilidade."

"Família encantadora!"

"Não é mesmo? Em suma, é esse o cara que está prestes a herdar uma das maiores fortunas do mundo. Com toda a grana que o espera, vai se esbaldar."

"Ou se chatear."

Félix pareceu surpreso, depois concordou.

"Talvez você tenha razão, com tanta grana é preciso imaginação para encontrar coisas interessantes a fazer. Por ora, o herdeiro passa os dias, ou melhor, as noites, no Goungoune Bar. Já viu, né?"

"O que é esse Goungoune Bar?"

Ele me olhou como se eu estivesse chegando de outro planeta.

"Você não conhece? É uma boate super na moda, no 19º *arrondissement*. É lá que os bem-nascidos vão azarar. Se você precisar de maconha, heroína, coca, ecstasy ou o que for, pode ter certeza de que vai encontrar por lá, contanto que pague o preço, é claro. Volta e meia dizem que vão fechá-la, há petições no bairro, mas pelo que sei continua aberta. Seguramente tem pistolão por trás disso."

Essas palavras me espantaram, pois Stanislas não parecia ser do tipo que passava as noites na farra. Seja como for, eu tinha aprendido o suficiente. Pedi a conta, antes de ter de pedir uma terceira garrafa — Félix praticamente esvaziara a segunda, mas demonstrava estar tão alerta como se tivesse bebido água mineral —, paguei e deixei meu amigo, prometendo telefonar assim que possível.

Lá fora, o calor.

Voltei para casa, tomei um Glenmorangie, depois um banho e vesti meu segundo terno Smalto, o verde-clarinho, com gravata e lenço combinando. O outro estava em cima da mesa, manchado do sangue do yorkshire, e eu tinha de levá-lo para lavar, mas a tinturaria só abria às quatro da tarde. Ainda faltava uma hora. Estava pensando no que ia fazer quando percebi que havia dois recados na secretária.

O primeiro era de Bruce Wagner. Ele me informava que Stéphane Robin ia passar na casa dele à noite, pelas oito ou nove horas. Contanto que eu fosse extremamente discreto, eu podia me plantar na rua de l'Évangile e segui-lo. Ele parecia estar morrendo de medo ao dizer isso. "Seja discreto" — suplicava —; "se ele descobrir que conversamos, vai ser terrível para Huguette e para mim."

Com Huguette eu não me preocupava, ela saberia se defender, mas ele...

Acrescentou que corria sérios riscos e que esperava que eu não fosse ingrato.

O segundo recado era de Lust.

Desculpava-se pelo bolo que me dera e me convidava para jantar na casa dela, na rua François-Ier, bem defronte da Volksbuch Company.

Portanto, em terreno conhecido.

17

Comecei ligando para Lust.

"Obrigado por seu belo convite", disse, "mas só poderei chegar muito tarde."

"A que horas?"

"Dez e meia, onze horas, pode ser?"

"Acho muito razoável, senhor Marlaud, as coisas sérias não começam antes disso."

Desligou, e entornei um uísque. Depois, foi a vez de Bruce Wagner.

"Ah, é o senhor?", ele respondeu num tom irritado.

Parecia exasperado.

"Não se exalte, ninguém está batendo em você. Acabo de escutar seu recado, mas se você me dissesse onde se esconde seu amigo isso simplificaria tudo e você não se arrependeria."

Percebi uma hesitação no yorkshire; um instante depois, o terra-nova estava na linha.

"Quanto?", latiu a mulher.

"Três mil, como sempre."

"Seis mil! Três por tê-lo avisado sobre o cara, e três pelo endereço dele."

Achei inútil pechinchar.

"Tudo bem, minha senhora, seis mil pelo pacote."

Um ruído seco me avisou que ela acabava de desligar. Não era do tipo que se desmanchava em fórmulas de boa educação.

Eu não tinha a menor vontade de ficar matando tempo

dentro de casa. Mesmo com o Glenmorangie, o calor era insuportável, e assim assobiei para Caronte a fim de que fôssemos passear de limusine. Ele me respondeu que o carro estava na revisão e que só estaria disponível às sete da noite.

Na falta de algo melhor, fui ao Wepler, na praça Clichy. Estava passando *Dançando no escuro*. A sala tinha ar-condicionado. Dormi desde as primeiras imagens e acordei no momento em que enforcavam Björk, antes dos créditos finais. Eram sete e meia. Lá fora o calor piorara. Liguei do celular para Caronte, a limusine estava pronta, e pouco depois ele me encontrou no bar do cinema.

E às quinze para as oito chegamos ao prédio de Bruce Wagner.

A rua estava tão deserta como na véspera, mas nenhum ruído de futebol escapava das janelas.

Minha idéia era esperar que Stéphane Robin saísse do apartamento dos Wagner para ver a cara dele. Em seguida, munido de seu endereço, me plantaria diante do seu prédio. Depois de minha visita a Lust, é claro.

Mas uma hora mais tarde não havia nenhum Stéphane Robin à vista.

Às vezes alguém saía de um prédio vizinho, nunca do de Bruce. O tempo passava numa lentidão desesperadora. Eu fumava um Lucky Strike atrás do outro e esvaziava a metade da garrafa de uísque que havia no bar, sem que isso fizesse Stéphane Robin aparecer. Que ele não resolva atrapalhar meu encontro com Lust, só faltava essa! Daqui a uma hora, se ele não der as caras, vou deixar pra lá. Passarei na casa de Bruce para pegar o endereço. Mas nada disso era muito profissional, e fiquei bravo comigo mesmo. Eu deveria ter desmarcado o jantar com Lust e vindo com o Renault 5, pois a limusine era visível a quilômetros. E assim eu estava pondo tudo a perder.

Por volta das dez horas, cansado de esperar, fui dar uma espiada no prédio de Bruce.

Subi devagarinho até o quinto andar. Diante da porta do casal, tive a impressão de ouvir rumores de discussão, mas tão baixinho que, mesmo colando a orelha na porta, não consegui ouvir o que diziam.

Finalmente, percebi que era a tevê. Imaginei o yorkshire e o terra-nova afundados no sofá, esperando Stéphane Robin. Quando ele viria? Devia ser daqueles que chegam na casa dos outros quando dá na telha. De repente, saquei tudo: se ele fosse chegar de improviso, então não faria sentido que tivesse avisado Bruce da visita. E se estivessem armando uma cilada para mim? Stéphane Robin, informado de meu interesse por ele, teria obrigado Bruce a me atrair à sua casa. E com a ajuda do terra-nova eles se livrariam de mim, não sem antes pegarem meus seis mil francos. Fiquei arrependido de não ter trazido a arma, um Beretta 92 de quinze balas, que teria me ajudado a reequilibrar a relação de forças. Ali eu me sentia vulnerável. Sem dúvida eles haviam localizado a limusine e preparavam a comissão de frente, com a certeza de que eu acabaria dando o ar da graça.

Liguei para Caronte.

"Se às onze eu não estiver de volta, avise ao delegado Chapireau", disse-lhe. "A delegacia dele fica ao lado da estação du Nord, e você conseguirá o número no Auxílio à Lista."

"Se o senhor tiver problemas, posso ir aí", ele propôs.

"Você está armado?"

"Não, mas fiz luta greco-romana."

"Não será suficiente. Prefiro que você ligue para a delegacia."

"Como quiser."

E desligou. Na casa dos Wagner, o ronrom da tevê continuava. Esperei mais um pouco, depois resolvi tocar a campainha, disposto a fugir ao menor sinal. Nenhuma resposta. Toquei de novo, sem sucesso. Teriam dormido? Estranho, quem arma uma cilada não deveria dormir.

Então percebi que havia um cheiro diferente no ar, vagamente enjoativo. Parecia vir do apartamento. De início, não prestei muita atenção, mas não havia nenhuma dúvida: meus sapatos *colavam* no soalho. Alguma coisa pegajosa os prendia. Esquecendo toda precaução, acendi meu isqueiro e me vi escorregando num líquido grosso e marrom que escorria devagarinho através do vão da porta dos Wagner, espalhava-se pelo patamar e pingava na escada, tal como uma suave queda-d'água. Meu coração disparou, apertei a campainha com toda a força. Ela tocou um tempão sem que nada mudasse no obscuro ambiente. Abruptamente, talvez porque eu a tivesse empurrado e ela não estivesse trancada — minha angústia era tamanha que nem notei —, a porta abriu.

Sem refletir, entrei no apartamento. Um cheiro pestilento me recebeu. Levei o lenço à boca antes de entrar na sala. Ela estava iluminada pela tevê. Em vez de um jogo de futebol, um fulano sorria na tela, contando sei lá o quê. Fora o programa, nada tinha mudado desde a véspera. O yorkshire e o terranova estavam no sofá, e fixavam na tevê seus olhos que não viam mais.

Como que imóveis num derradeiro abraço.

Ignóbeis e grotescos, cada um exibia um grande talho na garganta. O golpe que abrira a do yorkshire tinha sido tão violento que sua cabeça pendia de lado, prestes a se soltar do corpo. Parecia que ela se inclinava amorosamente para o terranova. Gotas de sangue ainda escorriam da ferida. Sobre o sofá, seus excrementos formavam uma poça esponjosa e preta que devia ter se espalhado para fora ao mesmo tempo que seu sangue, e contribuía para empestear o local. Na mão esquerda, ele apertava o controle remoto, apontado direto para a tela, como se pensasse poder escapar da morte zapeando.

Ao lado, ocupando quase todo o espaço, o terra-nova. Ela também quase decapitada. O assassino devia ter pensado que isso não bastava, pois lhe ocorreu abrir seu ventre. Dali saía sangue misturado a blocos de gordura amarelada — pareciam pedaços de zabaione boiando no molho de tomate —, inundando o sofá, se misturando com os dejetos do yorkshire, pingando no chão e seguindo por baixo da porta e pelas escadas do prédio.

Já devia fazer um bom tempo que estavam mortos.

Diante desse espetáculo, senti uma tremenda vontade de vomitar. Saí correndo e me aliviei na rua. Depois corri para a limusine.

"Vamos dar o fora!", gritei para Caronte. "Vá para onde quiser, mas vamos dar o fora!"

O carro arrancou suavemente. Chegamos ao bulevar periférico pela Porta d'Aubervilliers. Caronte pisou fundo no acelerador e o ponteiro disparou a toda velocidade. Tomei um uísque duplo, e uma queimação gostosa explodiu dentro de mim. Na quarta dose, consegui expulsar a visão do casal sobre o sofá. A limusine rodava sem ruído; não se mexia, era o mundo que vinha ao nosso encontro. Os outros carros chegavam perto do nosso e em poucos minutos desapareciam, atrás de nós.

A calma foi voltando aos poucos e consegui refletir sobre a situação. O assassino só podia ser Stéphane Robin. Um sujeito necessariamente perigoso; não havia vestígio de luta no salão, era de crer que ele tinha decapitado os Wagner enquanto assistiam à tevê, sem precisar amarrá-los, como se o terror que inspirava bastasse para mantê-los tranqüilos. Por que os havia liquidado? Pelos três mil francos que eu lhes dera na véspera? Devia haver um motivo mais importante: talvez o incêndio da gráfica, talvez também se tratasse de uma ordem de Bélial para eliminar tudo o que pudesse levar até ele. Nesse caso, era importante encontrar Stéphane Robin o quanto antes. O chato era que eu não tinha nem sombra de pista.

Passava de meia-noite, e eu disse a Caronte que me levasse à rua François-Ier. Saímos pela Porta Maillot.

Dez minutos depois, eu chegava à casa de Lust.

"Estou contente que tenha vindo", ela disse ao me receber.
Era sem dúvida por isso que usava um *négligé* tão leve. Achei-a realmente sensacional. O tipo de mulher capaz de fazer você esquecer o mundo e tudo aquilo que viu no apartamento dos Wagner.

Quis me desculpar pelo atraso, mas ela me calou colando os lábios nos meus.

"Será um jantar muito simples", disse, "mas creio que você apreciará."

Segui-a por uma enfiada de cômodos tão espaçosos e luxuosos como sua sala na Volksbuch. Quando Nathan se enrabichava por uma mulher, não dava bola para as despesas. Entramos num imenso quarto que se abria para um terraço igualmente imenso. No meio, uma cama de baldaquim coberta de tafetá cor-de-rosa, como em Hollywood. Diante do terraço havia uma mesinha de vidro onde nos esperava, de fato, uma ceia muito simples: champanhe, uma sopa de lagostins, torradas e caviar.

"Está muito calor para jantar no terraço", disse Lust, "no quarto tem ar-condicionado."

"Excelente idéia."

"Você concorda, não é?", ela disse, enquanto seu olhar seguia o meu, que levava à cama.

Ao ver a luz que brilhava em seus olhos, eu não tinha mais certeza se começaríamos pelo caviar.

18

Acordei quase às quatro da tarde.
Primeiro achei que era meu sonho da véspera que se prolongava. Eu estava num apartamento horroroso, o yorkshire jazia a meus pés, seu ferimento na garganta parecia uma segunda boca, da qual saíam ganidos cujo significado me escapava. Seria uma cena de ciúme? Pois em cima do sofá o terra-nova tinha me agarrado e me esmagava entre suas formidáveis coxas, enquanto meus pulmões tentavam desesperadamente sorver um pouco de ar. Eu perdia os sentidos e me via no paraíso, e ali, em vez de um cachorro furioso, uma moça esplêndida fazia comigo tudo o que era possível fazer numa cama.

Ao abrir os olhos, percebi que continuava no paraíso. A moça esplêndida voltava, carregando uma bandeja com um café-da-manhã muito britânico. Olhava para mim, sorrindo, mas de um jeito muito fino, como se vê entre pessoas habituadas ao dinheiro.

"*Breakfast*", ela disse. "Sei que é um pouco tarde, mas azar. Serve-se um igualzinho no Waldorf de Londres. Suco de frutas, chá, ovos mexidos, bacon, torrada, manteiga, geléia de laranja. Eu adorava isso quando ia lá com Nathan. Por onde quer começar?"

"Por você", eu disse, beijando seu ombro.

Ela se afastou, rindo.

"*Breakfast* primeiro. Suco de laranja, de grapefruit ou de abacaxi, qual você prefere?"

"Como quiser", respondi, pouco habituado a esse tipo de banquete.

O que eu sabia do *breakfast* datava de minhas aulas de inglês no colégio. Quanto a mim, tinha ficado no café com leite e pão com manteiga.

"Você ia muito a Londres com Nathan?", perguntei, enquanto ela me servia um suco de laranja.

"Muito. Uma parte de seus negócios era administrada lá. Nathan tinha uma suíte reservada no Waldorf."

Notei que falava de Nathan no passado.

"O que é que você vai fazer quando...?"

"Quando ele morrer? Veremos. Nathan era um homem muito generoso. Contavam um monte de coisas sobre ele. Seu sucesso fazia muitos invejosos. Diziam que era um cara cínico e frio, mas o conheci bastante bem para saber que era mentira."

"Mas era um homem de dinheiro e de poder."

"Claro! Bastava estalar os dedos para ter o que queria. Ninguém resistia a ele. Se queria comprar uma empresa e os acionistas se opunham, alguns dias depois as ações despencavam e lhe suplicavam que as comprasse."

"Imagino que depois as ações voltavam a subir."

"É, mas não só graças à confiança que ele inspirava. Parecia que um anjo cuidava dele. Nunca o vi querer alguma coisa e não obter. Nunca!"

"Isso pode fazer com que um homem seja muito feliz ou muito indiferente."

"Nem uma coisa nem outra. Você vai se surpreender, mas acho que Nathan não tinha confiança em si, nem em sua estrela, e que se lançava nas empreitadas mais loucas unicamente para verificar se seria atendido."

"Atendido... por quem?"

"Não tenho idéia. Era a impressão que ele dava, desafiava a sorte, e sempre dava certo."

"Neste momento não parece ser o caso."

"É verdade, desta vez as cartas estão contra ele. Todos se obstinam em salvá-lo, mas à toa. Ele deve sofrer como um condenado. Mas foi ele que ordenou que o mantivessem vivo, a qualquer custo. Tem um medo enorme de morrer — uma noite o flagrei em lágrimas. Ferrado, ele dizia, estou ferrado, o tempo joga contra mim. Essa idéia o aterrorizava. Se tem consciência de seu estado, deve estar louco de angústia. Todo mundo tem medo da morte, mas não a esse ponto."

"Talvez ele tenha medo de precisar prestar contas depois", eu disse em tom de brincadeira, "pois com tamanha fortuna necessariamente deve ter coisas de que se recriminar."

Lust não achou a menor graça.

"Não zombe", ela disse. "Nathan tem de fato medo de alguma coisa assim. Uma noite, estávamos no Waldorf, ele não agüentou. Disse que tinha medo de pagar muito caro pelo seu sucesso. Ele estava arrasado, eu nunca o vira assim, não podia acreditar. Se seus inimigos ou admiradores o flagrassem naquele estado, tampouco eles acreditariam."

"Quando se fica velho, isso acontece. Quem tem coisas de que se recriminar, começa a ir à missa três vezes por dia."

Foi o que aconteceu com meu tio-avô Ernest Marlaud. Ele, que bancava o sujeito de espírito sólido, ao envelhecer caíra numa beatice alucinante. Essa história de bazar de quinquilharias cujo dono tinha sido enviado para o campo de Drancy durante a guerra ficara na sua consciência. Com a morte se aproximando, queria encontrar o dono para lhe devolver seu bem. Mas os herdeiros o trancaram em casa e ele passou os últimos dias a chorar, a rezar, a se confessar, a pedir a absolvição, sem no entanto encontrar a paz.

"Nathan tem algo grave de que se recriminar?", perguntei.

"Ele não me contava tudo, já lhe disse."

"Você sabia que a Argiron & Fils pegou fogo?"

Minha pergunta a surpreendeu.

"Evidentemente, estava nos jornais. Por que me faz essas perguntas? É para a sua investigação?"

"As visitas de Bélial à Volksbuch cessaram com o incêndio da gráfica", continuei, ignorando sua pergunta. "É estranho, não é?"

"O que é que há de estranho?"

"Por exemplo, as queimaduras no antebraço de Nathan."

Pelo olhar furioso que me lançou, compreendi que eu me aventurava em terreno escorregadio.

"Se você quer dizer que Nathan incendiou a gráfica, esqueça. Naquela noite eu estava com ele."

Olhei para ela, perplexo.

"Estava com ele?"

"Estava, passamos a noite aqui. Quanto aos vestígios de queimaduras no antebraço, sinto decepcioná-lo, mas datam da infância dele. Uma noite, Nathan e alguns amigos, acenderam uma fogueira no campo e o vento soprou na direção dele. E mais nada."

Nathan escoteiro, eu custava a acreditar, tanto mais que as queimaduras não pareciam tão antigas. Lust estava com uma cara amuada, era melhor parar a conversa. Para relaxar o ambiente, quis beijá-la, mas ela me afastou. Realmente, estava contrariada. Depois de mais uma tentativa infrutífera, achei melhor sair dali; vesti-me depressa e liguei para Caronte. Ela prometeu vagamente me telefonar e fui encontrar o motorista, que me esperava lá embaixo.

Ele me deixou na rua Rodier, e depois o dispensei.

Enquanto subia as escadas que levavam à minha toca, liguei para Félix pelo celular. Ele se dignou a responder na quinta chamada. Provavelmente estava ocupado, curtindo sua ressaca ou escrevendo uma reportagem sórdida.

"Eu precisaria de umas dicas sobre um certo Stéphane Robin, será que você consegue?", perguntei.

"Mais um de seus clientes ricos?"

"Não, é um cara perigoso, possivelmente assassino. Você tem amigos na polícia, eles poderão lhe dar um panorama. É urgente."

"Tem algo a ver com a família Josufus?"

"Ainda não sei. Você pode fazer alguma coisa?"

"Vou ver, mas inclua na minha conta. Quando você terminar a sua investigação, quero exclusividade. De acordo?"

"Perfeitamente."

"Assim que tiver novidades, eu telefono", ele disse, desligando.

Com Félix a coisa não deveria demorar. Fiquei pensando se teriam descoberto o assassinato dos Wagner. Ao chegar em casa liguei o rádio, mas em nenhuma estação se mencionava o duplo crime da rua de l'Évangile.

O calor era tal que nem um Glenmorangie nem uma chuveirada gelada o tornaram suportável. Eu só pensava numa coisa: dar no pé o quanto antes, nem que fosse para fazer hora num cinema ou para chamar Caronte a fim de passearmos de limusine.

De repente, bateram na porta.

Dois toques de campainha, enérgicos. Um por pessoa, pois eram dois. Um grandalhão e um tampinha.

Não precisava ser adivinho para compreender de onde tinham saído.

"Polícia", disse o tampinha mostrando a carteira. "O delegado Chapireau quer falar com o senhor."

19

Chapireau me fez esperar mais de uma hora.

Pela cara que fazia, compreendi que nossa conversa não seria das mais cordiais.

"Fechou o tempo pra você", me disse, apontando uma cadeira. Pegou um maço de Chesterfield que estava sobre a mesa, acendeu um e depois, abruptamente, atacou: "Onde você estava ontem à noite entre nove e meia-noite?".

"Por que me faz essa pergunta?"

"Escute aqui, Marlaud", ele disse separando as sílabas, "sou eu que interrogo, e você responde."

Estávamos longe da amável conversa da última vez: ali ele se dirigia a mim como a um suspeito.

"Então", repetiu, "o que fazia entre nove e meia-noite?"

Se me fazia essa pergunta, era porque sabia da história dos Wagner, como provavelmente sabia que eu tinha ido vê-los. Saberia que eu tinha voltado lá na noite da morte deles?

Fiz-me de inocente.

"O que quer que eu diga? Eu não estava sozinho, é isso."

"Com quem estava?"

"Com uma mulher."

"Nome e endereço?"

"Talvez ela não deseje que eu diga."

Ele largou a caneta.

"Pior para você."

"O que isso significa?"

"Marlaud", ele disse me encarando, "não me enrole. Você

de fato não está sabendo sobre o duplo assassinato na rua de l'Evangile?"

"Os Wagner? Eles foram assassinados?!?"

Meu espanto não o convenceu.

"Está vendo como você sabe? Então, por favor, me diga o que estava fazendo na rua de l'Evangile naquela noite."

"O que o leva a crer que eu estava lá?"

"Os testemunhos dos vizinhos, eles o viram na limusine. Você já tinha passado lá na noite do jogo. É o tipo de carro que chama a atenção no bairro. Todas as testemunhas são categóricas: era a mesma limusine, duas noites seguidas."

"De fato, fui ver os Wagner para interrogá-los sobre o incêndio da gráfica, mas não voltei no dia seguinte. Suas testemunhas se enganam."

Chapireau deu de ombros.

"Essa é boa! A rua de l'Evangile não fica em nenhum bairro chique, ninguém vê limusines em cada esquina."

Como não podia contradizê-lo, perguntei:

"Como os Wagner foram assassinados?"

"Degolados, e ficaram bem feiosos."

"Degolados! Você me imagina fazendo uma coisa dessas?"

Ele não se comoveu com minha reação.

"Eu não disse nada disso, mas já que você tocou no assunto..."

Pegou o telefone, disse algumas palavras e pouco depois a porta se abriu e um policial veio lhe dizer umas palavras ao ouvido.

"As coisas estão se complicando para o seu lado", ele disse depois que o policial saiu. "O sangue que encontraram no seu paletó corresponde ao de Bruce Wagner. As análises são categóricas. Como você explica isso?"

Eu não deixei transparecer, mas por dentro me amaldiçoei por não ter levado o terno para a lavanderia — e mais ainda por tê-lo deixado tão à vista. As manchas de sangue tinham obviamente intrigado os dois policiais, que não hesitaram em confiscá-lo.

"Você está me acusando de assassinato?", protestei. "Nesse caso, gostaria de ligar para meu advogado."

"Ligará quando eu decidir; por ora espero suas explicações."

"Pois bem", comecei, "quando fui à casa dos Wagner para obter informações sobre o incêndio da gráfica, apertei um pouco o marido. Não fui violento, mas lhe tasquei um soco na cara. O nariz dele sangrou e sujou meu paletó."

"Hã-hã, e o que você ficou sabendo graças a seus métodos?"

Eu poderia retrucar que ele não tinha sido muito delicado com Lazare Cornélius, mas a hora me pareceu imprópria.

"Não muita coisa", disse. "Na noite do incêndio o marido estava na janela, viu duas silhuetas saírem da gráfica, correndo. Teve a impressão de que uma delas estava ferida. E nisso os bombeiros chegaram. Mais nada."

"De fato, não é muita coisa", disse Chapireau. "Tem certeza de que no dia seguinte você não voltou para apertá-lo um pouco mais?"

"Mas, afinal, isso é um absurdo, não vou decapitar as pessoas para fazê-las falar!"

"Como você explica o que aconteceu?"

"Pode ter sido um latrocínio."

"Pois é, o assassino não teve sorte. Fora os móveis decrépitos, uma velha tevê e umas bugigangas sem o menor valor, não havia nada para roubar na casa dos Wagner. Seria preciso encontrar outra explicação, Marlaud."

"Não cabe a mim encontrar."

"Exato. Cabe a você me dizer o que fazia naquela noite."

"Estava na casa de uma amiga."

"Quem?"

Em desespero de causa, dei-lhe o telefone de Lust. Ele ligou imediatamente.

"Não responde", disse, largando o aparelho.

"Tente a clínica de Nathan Josufus, talvez ela tenha ido vê-lo, é a secretária dele."

Ele discou o número que lhe indiquei. Um instante depois Lust estava na linha. Ele lhe perguntou se eu tinha passado a noite com ela e a partir de que horas. Vi-o rabiscar umas notas numa folha de papel.

"Você tem sorte", disse depois de desligar. "Ela confirma seu álibi. Você passou na casa dela às oito da noite e não saiu mais de lá até esta tarde."

Chapireau deve ter lido a surpresa em meu rosto, pois me olhou de um jeito desconfiado.

"Você parece espantado. Ela teria mentido?"

"Não, não."

"Ela disse que o porteiro do prédio também o viu. Ele pode confirmar, o que não duvido. Quanto ao motorista, jura tê-lo levado à casa dela às oito horas. Está vendo? Há pessoas que lhe querem bem. Portanto, vou respeitar seu álibi e reconhecer que a rua de l'Evangile é um antro de mitômanos... Quanto ao sangue no seu paletó, de fato, Bruce Wagner estava com o nariz inchado, como se tivessem lhe dado um soco. Aqui, também, admitirei sua explicação."

Fez um gesto meio cansado. No fundo, sabia que eu não tinha matado o casal. Mas tive a sensação de tê-lo decepcionado. Pensei que ele devia se arrepender das confidências que fizera sobre o incêndio da gráfica.

"Portanto, você está livre, Marlaud", disse. "Seu paletó lhe será entregue daqui a alguns dias. Mas você deve ter outro para vestir até lá."

Não me cumprimentou e não me acompanhou até a porta.

Voltei para a rua Rodier. O calor estava insuportável, a sensação era de que a calçada derretia sob meus pés. Cada passo exigia um esforço enorme para me desgrudar do chão, como se minha carcaça pesasse toneladas.

Naquela noite não pensei em dar uma volta de limusine

nem em ir ao restaurante, nem nada. Em casa, liguei para Lust. Como esperava, ela não estava; deixei recado na secretária eletrônica para lhe agradecer.

Depois me servi de um uísque, deitei na cama e tentei concatenar algumas idéias. Sem Lust, teria sido prisão preventiva. Decerto nós tinhamos passado a noite juntos, mas por que ela alegava que eu tinha passado às *oito* horas na casa dela? E Caronte, que dizia a mesma coisa... Para mentirem a esse ponto, deviam saber o que tinha acontecido com os Wagner. Não havia dúvida de que Stéphane Robin tinha feito o serviço, mas em nome de quem? Aí é que tudo se complicava. Que relação havia entre Lust, Caronte e ele?

Pouco depois, cansei de ficar remoendo essas perguntas. Tinha esvaziado a metade da garrafa, e o cansaço embotava meus pensamentos.

Finalmente, cedi ao sono.

Um sono de chumbo, feito para durar uma eternidade.

No dia seguinte, o telefone me acordou.

Eram quase seis da tarde.

Levei algum tempo até reconhecer a voz de Stanislas Josufus.

Ele parecia transtornado.

"Senhor Marlaud", disse, "espero-o na clínica. Tentaram assassinar meu pai."

20

Meia hora depois, a limusine me deixava na rua du Boccador.

No caminho, agradeci a Caronte pelo álibi. "O senhor Josufus quer que eu seja útil ao senhor", ele me disse, "e por isso preferi dizer ao senhor Chapireau que o senhor estava na casa da senhorita Lust. Se isso pôde ser útil ao senhor, fico muito feliz." E assim por diante.

Na clínica, o administrador logo me reconheceu.

Fez sinal para os dois cavalões disfarçados de enfermeiros e, pouco depois, chegamos ao quinto andar. Informei-me sobre o estado de Nathan. Contra todas as expectativas, meus acompanhantes se deram ao trabalho de responder.

"Conseguimos reanimá-lo."

"O que aconteceu exatamente?"

"Alguém o desligou da tomada. Ele quase bateu as botas."

"Sabe-se quem deu o golpe?"

"Veja isso com eles", disse o grandalhão ao empurrar a porta dos aposentos de Nathan e me mostrar as pessoas que esperavam no salão, "eles lhe dirão melhor que eu."

No grupo, Antoine Valdès. Sua presença me surpreendeu. Ao lado dele estava Stanislas numa grande discussão com um sujeito que podia ser médico ou tabelião. Outros, de avental branco, falavam baixinho, examinavam folhas cobertas de gráficos, sacudindo a cabeça com ares de dúvida. Um pouco adiante, vi Lust, com seu vestido de lamê cor-de-rosa que dava um toque de frescor àquela reunião sinistra. Ela usava óculos escuros combinando com o vestido, em princípio para esconder os olhos avermelhados pelas lágrimas. Mas, na verdade, para esconder que não estavam avermelhados. A certa altura se aproximou de Stanislas. Ele lhe passou o braço pelo pescoço e lhe disse alguma coisa ao ouvido; pensei que ela ia começar a rir, mas quando me viu se afastou abruptamente dele. Quanto a mim, fingi que não tinha notado nada. Reparei que Lazare Cornélius estava ausente. Tendo em vista sua dedicação a Nathan, achei estranho.

Antoine me viu, fez sinal para Stanislas e os dois vieram para o meu lado.

"O que você faz aqui?", perguntei a Antoine. "Não sabia que você conhecia Nathan."

"Conheço o filho dele. Como defendo os seus interesses junto a ele, de vez em quando o encontro."

"O doutor Valdès teve uma atitude muito bonita", disse Stanislas. "Quando soube o que tinha acontecido com meu pai, veio correndo à clínica."

"Não foi nada", disse Antoine, com ar modesto.

Saltava aos olhos que ele tentava agradar Stanislas. Vindo dele, isso não me surpreendia. Era o que ele chamava de estratégia em várias faixas. Ganhar a simpatia do adversário, e depois bater forte, por todo lado.

"Imagino que você saiba o que aconteceu", ele me disse.

"Parece que desligaram o aparelho do senhor Josufus."

"Um ato criminoso!", exclamou Stanislas. "Esse Cornélius é um assassino."

Olhei para ele, perplexo:

"Cornélius!", repeti. "Foi ele que fez isso?"

"Foi... E esse cara tinha a confiança de meu pai!"

"Como sabe que foi ele?"

Stanislas fez sinal para Lust vir ao nosso encontro.

"Ela viu tudo, e lhe explicará."

Lust me cumprimentou com frieza. Ao ver sua atitude, eu quase duvidei de ter estado em sua cama na véspera.

"Eu ia ver Nathan", ela começou. "Deviam ser quatro da tarde. Ao sair do elevador, vi Cornélius saindo do quarto. Isso me espantou, todo mundo sabe que à tarde estou aqui, e eles se arranjam para me deixar sozinha com Nathan (ela me disse que ia vê-lo à noite, mas era um mau momento para lhe lembrar isso). Quando me viu, Cornélius fez uma cara de pavor. Pensei que ele ia fugir, mas em vez disso continuou vindo na minha direção com ar ameaçador, como se estivesse pronto para me bater e ir em frente. Fiquei com medo, mas quando ele chegou pertinho de mim saiu correndo para o elevador. Logo pensei em Nathan, corri até seu quarto, ele estava sufocando. As sondas tinham sido arrancadas. Felizmente conseguimos intervir a tempo."

Ela me mostrou um cara de avental branco que conversava com um de seus colegas:

"O doutor Ralph", ela disse, "foi ele que o socorreu."

Lust pegou um cigarro na bolsa e o acendeu com o isqueiro que Antoine lhe ofereceu. Eu tinha certeza de que ela não sentia nenhuma emoção, embora uma ou duas vezes sua voz tivesse ficado embargada.

"Sem Lust", disse Stanislas, "meu pai teria desaparecido."

E a herança também, pensei. O que explicava por que Lust tentava cair nas boas graças do sucessor.

"Lazare Cornélius era, porém, seu homem de confiança", observei.

"Agora é o de Bélial."

"De onde você tira isso?"

"É evidente, senhor Marlaud. Quem tem interesse em ver meu pai desaparecer? Bélial, obviamente. E a quem mais ele podia se dirigir para eliminá-lo, senão a seu homem de confiança? Cornélius era o homem ideal."

Eu pensava que ele também poderia ter se dirigido a Lust, mas como ela acabara de limpar minha barra junto a Chapireau, guardei essa reflexão para mim.

"Por que Cornélius teria aceitado?"

"Por interesse. Durante todo o tempo em que meu pai dirigiu a Volksbuch, podia confiar nele. Agora que acabou, ele está disposto a vender seus serviços a outro."

"Poderia trabalhar para você."

"Está fora de questão. Nós não nos entendíamos, eu disse a ele que o demitiria. Isso explica por que agiu assim. Bélial deve ter feito promessas tentadoras. É interesse dele que meu pai morra."

Embora acusasse um pouco depressa demais o preposto, Stanislas não deixava de ter bons argumentos. Quando me encontrei com Lazare Cornélius, ele negara, contra todas as evidências, conhecer Joachim Bélial. Tal atitude agora se virava contra ele.

"Certamente você tem razão", disse a Stanislas. "A polícia foi avisada, não?"

"Claro."

"Ela não deve encontrar Cornélius antes de mim, porque se a sua hipótese estiver correta, ele poderá me levar a Bélial. Sabe em que ponto está a investigação da polícia?"

"Os policiais foram à casa dele, na rua de Passy. Evidentemente, ele não estava lá."

"Eu poderia visitar o escritório dele na Volksbuch?"

"A polícia proibiu a entrada, mas vou tomar providências."

Eu ia me afastar quando ele me segurou pela manga.

"Senhor Marlaud", disse num tom angustiado, "estamos no dia 28, meu pai não vai durar muito. O senhor acha que vai conseguir?"

"Não se preocupe, não vai demorar muito", eu disse.

Na verdade, estava longe de ter tanta confiança assim.

Antes de ir embora, aproximei-me de Lust.

"Obrigado pelo álibi", murmurei em seu ouvido.

Ela balançou a cabeça como se se tratasse de uma história sem importância e, virando-se, começou a conversar com um sujeito que parecia um guarda-costas.

Ao sair da clínica, lembrei-me de que eu não tinha informado Antoine sobre os acontecimentos da rua de l'Evangile, mas ele devia estar a par.

Não criaram nenhuma dificuldade para me deixar visitar a sala de Cornélius. Mas a inspeção acabou sendo inútil. A polícia tinha zerado tudo o que podia apresentar algum interesse. As gavetas e os armários tinham sido esvaziados, a cesta de lixo também. Nada foi esquecido, e quando tentei abrir o computador percebi que estava bloqueado. Depois de ter vasculhado um pouco, desisti e liguei para Caronte a fim de que me levasse para casa.

Eram quase dez da noite.

A primeira coisa que fiz depois de subir meus seis andares foi acender um Lucky e tomar um uísque duplo com gelo. Beberiquei pensando em como ia encontrar Cornélius. Ele e Stéphane Robin eram agora as duas pistas capazes de me levar a Bélial. Todo o problema era saber qual das duas oportunidades se apresentaria primeiro.

Não precisei pensar por muito tempo, pois de repente o telefone tocou.

"Senhor Marlaud?", disse uma voz que não reconheci logo. "É Lazare Cornélius."

"Céus!", exclamei. "Cornélius! Onde você está? Toda a polícia da França está na sua captura."

"Depois eu lhe digo. Antes quero ter certeza de que posso confiar no senhor."

Ele falava devagar, baixinho. Como se temesse que ouvissem nossa conversa. Ele estava morrendo de medo, era visível em cada palavra.

"Não se preocupe, não avisarei a polícia nem Stanislas, mas quero primeiro falar com você. Depois você vai plantar batatas onde bem entender. Está bom assim?"

Ele hesitou um pouco.

"Que remédio, não tenho escolha."

"Quando podemos nos ver?"

"Esta noite. Onze e meia, tudo bem?"

"Perfeito. Onde?"

"Na rua de l'Ourcq, no 19º *arrondissement*, um prédio na esquina da rua de Flandre, no segundo andar.

"Muito bem, estarei lá."

Eu ia desligar, quando ele acrescentou:

"Seria melhor que viesse por seus próprios meios, senhor Marlaud. Deixe a limusine e o motorista, é mais prudente."

21

Peguei o metrô em Anvers.

Lá embaixo a temperatura estava mais clemente do que na rua. O que explicava a afluência. Deserta na superfície, a cidade se animava nos subterrâneos. Parecia hora do rush. Uma multidão alucinante se acotovelava nas plataformas e nos corredores. Famílias iam se refrescar, munidas de sanduíches e bebidas geladas que circulavam de um grupo a outro, e também levavam gelo. Ao ver esse espetáculo bem-comportado e descontraído, quase me arrependi de me deslocar de limusine: ela me protegia da canícula, mas me isolava de meus semelhantes. Esse era o duro tributo da riqueza.

Saí de casa logo depois do telefonema de Lazare Cornélius. O Beretta enfiado numa cartucheira sob minha axila esquerda não era muito confortável, mas o medo na voz do preposto me incitou a levá-lo.

Quando o trem chegou, ninguém subiu. O vagão estava vazio, e na estação seguinte continuou vazio.

Em Jaurès, peguei a direção de Bobigny. Ali também a multidão era grande, mas no vagão eu era, de novo, praticamente o único passageiro.

Duas estações depois, desci em Ourcq.

Lá fora, o forno de sempre.

Peguei a rua de l'Ourcq e atravessei a ponte que passava sobre o canal homônimo. As águas estavam imóveis, quase oleosas. Parecia que toda a cidade estava concentrada naquelas águas paradas, e que delas se soltava um vapor em baforadas úmidas e escuras. Isso me lembrou uma tragédia cujo título me escapa. Para punir Tebas por abrigar um criminoso, os deuses a castigaram com a peste. Essa tragédia poderia se passar em Paris, Nathan seria o criminoso que poluía a cidade, mas quando eu encontrasse o reconhecimento de dívida desligariam os aparelhos que o mantinham vivo, e a paz voltaria. Na verdade, eu era encarregado de uma missão de saúde pública. Gostei da idéia, e foi num passo alerta que cruzei os últimos metros da ponte do l'Ourcq.

Continuei até a rua de Flandre e logo me vi diante de um prédio caquético, provavelmente especializado na hospedagem de gente modesta que ganhava salário mínimo. Tendo em vista sua sala na Volksbuch, Cornélius devia gostar mais daquele prédio velho do que de seu apartamento no elegante 16º *arrondissement*.

Eram quinze para as onze.

Eu tinha tempo, mais ainda se resolvesse chegar atrasado. No trajeto me certificara de que ninguém me seguia. Ninguém tampouco se escondia nos carros estacionados. A rua estava deserta, se houvesse algum movimento por ali eu logo perceberia. Tirei minha arma, empurrei a porta do prédio, verifiquei se não havia outras entradas e peguei uma escada tão suja e estreita como a dos Wagner.

No segundo andar colei o ouvido à porta do preposto. Nenhum barulho. Subi até o quinto, verificando em cada andar se não havia alguém escondido. Quando terminei a busca, guardei a arma e voltei para o térreo. Depois fui ao café em frente, um boteco em perfeita simbiose com o prédio de Cornélius.

Indiferente ao calorão, um cara bebericava um vinho branco com cassis no balcão. Era o único cliente do bar. Pedi um uísque, que afoguei num oceano de cubos de gelo para ficar bebível; na seqüência liguei para Caronte e lhe disse que podia tirar folga. Cornélius decerto tinha razão: melhor mantê-lo a distância. Ele tinha o mesmo nome do satélite de Plutão, mas seria o caso de perguntar se também não era o meu satélite, e se, além de me transportar, não fornecia um relatório de minhas atividades a Stanislas.

Despachado Caronte, pedi outro copo de gelo com uísque e depois, sob o olhar perplexo do sujeito do vinho branco-cassis, um terceiro e um quarto, que engoli fumando um cigarro atrás do outro e vigiando a rua e o prédio em frente. Nada de especial aconteceu. Nenhum pedestre, nenhum carro veio perturbar a desolação. Eram quinze para meia-noite, mas eu não estava com pressa: queria que Cornélius ficasse impaciente, só para deixá-lo no ponto. Um pouco depois, avistei uma silhueta discretamente debruçada numa janela do segundo andar: o preposto se impacientava. Ainda assim, terminei tranqüilamente minha bebida e acendi um último Lucky.

À meia-noite, paguei a conta e atravessei a rua, assegurando-me mais uma vez que não havia nada errado.

Ao chegar no prédio, bloqueei a porta para impedir que a abrissem do lado de fora. Subi os dois andares e toquei a campainha. Passou-se um longo momento durante o qual tive de repetir várias vezes que era eu, que estava sozinho e com as melhores intenções do mundo, e que nenhuma cilada estava sendo armada.

Assim que entrei, ele fechou a porta atrás de mim.

"O senhor demorou", ele gemeu.

"O metrô não vinha. Foi o senhor que me aconselhou a deixar a limusine, não foi?"

Não respondeu. Depois de passar duas vezes a chave na fechadura, Cornélius me fez entrar na sala. Parecia uma sala decorada pelos Wagner, com a tevê, o sofá e as cadeiras dispostas da mesma maneira.

"É bonitinho aqui", eu disse, para iniciar a conversa. "Como achou esse esconderijo?"

"Pertence ao senhor Josufus." Diante de meu ar surpreso, explicou: "Quando queria ficar tranqüilo, ele vinha para cá.

Tinha certeza de que ninguém o encontraria. Só ele e eu conhecíamos a existência deste apartamento".

Não fiz nenhum comentário. Convidou-me a sentar no sofá, foi à cozinha, voltou com duas latinhas de cerveja e se instalou na minha frente.

"Por que queria me ver, Cornélius?"

"É complicado." Bebeu metade da lata de cerveja — percebi que sua mão tremia — e por fim começou: "O senhor trabalha para Stanislas Josufus, mas não tenho mais ninguém a quem me dirigir. Minha vida está ameaçada. É verdade que nunca fui muito apegado à vida, desde que nasci eu a levo como um fardo, e agora que o senhor Josufus se prepara para deixar este mundo, ela já não apresenta o menor interesse para mim. Mas, apesar da pouca estima que tenho por ela, sinto certa apreensão com a idéia de que acabarão com ela brutalmente".

"Quem quer acabar com ela?"

"Stanislas Josufus, evidentemente. Não é a primeira vez que tenta."

Olhei para ele, estupefato.

"Ele já tentou matá-lo?"

"Ele mandou os capangas, duas vezes. Consegui escapar, mas acabarão me pegando. Isso o espanta, não é? Por que Stanislas quer a minha morte? A resposta é simples: estou decidido a impedir que ele receba sua herança."

"Foi por isso que quis desligar Nathan da tomada, hoje à tarde?"

"Foi. Sei que o contrataram para que o senhor encontre o reconhecimento de dívida. Ou melhor, para roubá-lo do senhor Bélial. Não creio que vá conseguir, mas nunca se sabe. Assim, quis precipitar as coisas."

"Então Stanislas tem razão, você está trabalhando para Bélial. Foi por isso que mentiu a respeito dele."

"Admito que foi uma besteira dizer que eu não sabia quem era o senhor Bélial. Na verdade, eu o conheço quase há tanto tempo quanto o senhor Josufus. São velhas amizades. O senhor Bélial é uma pessoa absolutamente notável. Um grande espírito, como raramente se tem a ocasião de encontrar. O senhor Josufus tem razão de deixar seus bens para ele."

"Não creio que isso alegre o senhor Josufus."

"Engana-se."

"Mas, pelo que entendi, ele tentou recuperar esse reconhecimento de dívida."

"Refere-se ao incêndio de Argiron & Fils? Foi uma tremenda bobagem. Ele nunca me disse nada a respeito, mas entendi que tinha sido ele. Custei a crer. O senhor Josufus, tão esperto, se lançando numa expedição dessas. Viu as queimaduras no antebraço? Ele poderia ter perdido a vida."

"Aquelas marcas de queimaduras eram do incêndio?"

"O senhor não achou que eram de nascença, achou? Para se tratar, precisou ir a uma clínica em Boston. Não queria que se estabelecesse uma ligação entre as queimaduras e o incêndio da gráfica."

Eu ainda ouvia Lust dizendo: "Essas queimaduras datam da infância". Os álibis eram sua especialidade.

"Por que ele incendiou a gráfica?"

"Para mim, isso continua a ser um mistério. Incendiar a gráfica, francamente, não entendo."

"Talvez Bélial tentasse chantageá-lo."

Ele arregalou os olhos.

"Chantageá-lo? Santo Deus! Mas por quê?"

"Todo mês ele tirava de vocês vários milhões em dinheiro vivo — e você se dedicava a jogos de escrituração para camuflar as retiradas —, e além disso Nathan era obrigado a legar seus bens a ele. Não acha que isso cheira a chantagem? O incêndio da gráfica lhe parece compreensível? Pois é muito simples: ao mesmo tempo que queria recuperar o reconhecimento de dívida, Nathan também quis dar a Bélial o maior susto de sua vida. Provavelmente para ficar em paz. E conseguiu, já que, depois do incêndio, o sujeito não pôs mais os pés na Volksbuch."

"Foi Lust que lhe contou essa fábula?"

"Ela me disse que Nathan parecia muito deprimido depois das visitas de Bélial. Parece evidente, não?"

"Mas isso é uma absoluta estupidez! O dinheiro que o senhor Bélial recebia pertencia a ele. Queria dinheiro vivo, mas isso era problema dele. Os jogos de escrituração eram para o fisco."

Agarrei-o pela gola do paletó.

"Escute", eu disse num tom furioso, "estou começando a me encher com essas suas confusões. O que é que você quer dizer com essa história de 'o dinheiro pertencia a ele'? Ou você explica claramente, ou vou avisar Stanislas, e você vai se haver com ele."

"Não se zangue, senhor Marlaud. Compreendo que tenha dificuldade em se situar. Mesmo para mim, nesse negócio há coisas que me escapam."

Soltei-o, e pelo visto ele nem notou, de tal forma parecia um homem profundamente arrasado.

"Já é tempo", ele disse, "de o senhor sabe qual é a natureza exata das relações entre o senhor Bélial e o senhor Josufus. Foi para isso que o chamei aqui."

22

Cornélius foi à cozinha pegar mais duas latinhas, me ofereceu uma, hesitou um pouco e começou.

"Encontrei o senhor Josufus no Rio, no final dos anos 40; eu tinha vinte e dois anos, mas já nessa época nada me prendia à vida. Nem aventura amorosa, nem ambição profissional. Antes, eu tinha sido contador de uma companhia de seguros em Paris. Meu salário me bastava com folga. Vivia num quartinho, minhas noites consistiam em dormir ouvindo rádio. Isso teria continuado se a companhia de seguros não tivesse ido à falência. Eu não tinha vontade de procurar outro emprego. Como gastava muito pouco, minhas economias duraram. Pensava em acabar com a minha vida quando não me restasse mais nada. Numa tarde, ouvi um anúncio no rádio. Uma companhia de transporte marítimo procurava um contador para um navio que ia para o Rio de Janeiro. Morrer por morrer, melhor que fosse longe, pensei. Apresentei-me e fui contratado."

"Você teve sorte."

"Não havia concorrência. Era uma só travessia, paga com um salário irrisório, eu não tinha nada a temer. A viagem durou várias semanas. Seguimos pelas costas espanholas e portuguesas, depois dobramos o Cabo Verde e navegamos ao longo da costa africana, parando nas cidades portuárias para esperar sei lá o quê. Às vezes a espera durava dias e dias, e então partíamos sem que nada tivesse acontecido; em outros portos, ao contrário, eram dias de trabalho que não acabava mais.

Negros com cargas pesadas chegavam ao passadiço, em filas ininterruptas. Largavam as caixas e partiam com outras preparadas para eles. Nunca soube o que continham essas cargas: meu trabalho consistia em registrar as entradas e saídas e fazer o transporte das somas no livro contábil, embora ignorasse o significado daqueles números. Assim, chegamos até a Cidade do Cabo, e de lá partimos enfim para o Brasil. Depois de uma longa travessia, desembarquei no Rio, tendo no bolso dinheiro para sobreviver algum tempo. Fui morar num subúrbio perto de um morro. Era um casebre com quatro paredes de taipa e, dentro, um enxergão. Isso me bastava. Perambulei meses a fio sob um sol de chumbo, sem rumo, andando ao léu. Quando a noite me surpreendia, eu dormia onde estivesse, e no dia seguinte saía andando. Mas tudo tem seu fim, até mesmo as coisas sem o menor interesse, e um belo dia me vi sem um tostão e resolvi acabar com a minha vida.

"Era melhor acabar com a vida no Rio?"

Ele deu de ombros.

"Para acabar com a vida, todos os lugares se equivalem."

"E o que o fez desistir?"

"Eu estava prestes a me jogar de um arranha-céu na avenida à beira-mar, quando encontrei um emprego."

Olhei para ele, sem entender.

"Você encontrou um emprego no alto de um arranha-céu?"

"Acredite se quiser, mas foi exatamente assim. No momento em que eu ia me jogar no vazio, a mão de alguém encostou no meu ombro enquanto me dizia em francês essa frase que ainda ouço: 'Mesmo que não queira mais viver, não faça isso, meu amigo'. Quando me virei, descobri um homem que me impressionou. Eu não lhe daria mais de vinte e dois ou vinte e três anos, mas tive a impressão de estar tratando com alguém de grande maturidade. Alguém que dera a volta por cima em relação a suas ilusões e, no entanto, continuava a se interessar pela vida. Embora fosse pouco mais velho que eu, chamei-o de 'senhor'. Faz quase cinqüenta anos que o conheço, e continuo a chamá-lo de 'senhor Josufus'. É espantoso, não?"

Concordei. Ele prosseguiu:

"Esse homem desfez meu desejo de acabar com a vida. Por isso resolvi segui-lo e permaneço ao lado dele, embora, tendo em vista o rumo dos acontecimentos, seja provável que eu o preceda na morte. Será como se o acompanhasse, mas por antecipação."

O raciocínio me pareceu meio falacioso, mas guardei comigo essa impressão. Mesmo à noite o calor era insuportável. Cornélius voltou à cozinha e trouxe mais duas latinhas.

"Naquela noite", continuou, "jantamos num bar com umas moças. Minha inexperiência nesse campo o divertia muito. Ele quis que eu passasse a noite com a mais bonita. 'Uma ressurreição deve ser comemorada', dizia. Devo a ele ter conhecido a primeira mulher de minha vida. Mas, embora conserve uma ótima lembrança disso, me mantive desinteressado de tudo. Esse meu comportamento intrigava o senhor Josufus. Ele me chamava de 'companheiro da morte' e me considerava depositário de um saber do qual eu não tinha consciência, mas que um dia, talvez sem querer, eu lhe transmitiria. As questões ligadas à vida, à morte, à eternidade, a Deus, ao diabo eram para ele uma obsessão. Havia em seu círculo toda espécie de picaretas, meio vigaristas e meio místicos, especialistas em ciências esotéricas, que viviam às suas custas. Já era muito rico, graças a negócios escusos de todo tipo. Precisava de dinheiro para sair em busca da conquista do mundo. Segundo ele, o dinheiro permitia adquirir o poder e o Conhecimento, daquele com C maiúsculo. Aí, dizia o senhor Josufus, residia a dramaturgia da riqueza. Uma dramaturgia baseada tanto na fruição das felicidades terrenas quanto num profundo distanciamento em relação a elas. Era um curioso personagem, mistura de intelectual primário e financista esperto, preocupado com questões de um estudante colegial, enquanto extorquia o planeta inteiro. Nunca soube o que ele fazia no alto daquele arranha-céu, nem por que se dirigiu a mim em francês. Alegava ter adivinhado a minha nacionalidade pelo modo como encolhi os ombros para tomar impulso e me jogar lá do alto. 'Só mesmo os franceses se lançam no vazio dessa forma' — ele brincava —, 'como se fossem dar marcha a ré.' Foi assim que nos conhecemos. Desde aquele momento minha vida está ligada à dele."

Ao evocar esse período de sua vida, a voz de Cornélius enfraquecera, como se não conseguisse conter a emoção, mas ele se refez e continuou:

"O senhor Josufus me contratou para cuidar de suas contas. Não me pagava um salário propriamente dito, mas me instalou num luxuoso casarão em Copacabana e me dava dinheiro segundo seu humor. Eu me ocupava das armações financeiras: ele me fornecia as linhas gerais e eu tratava da execução. Queria ter uma fortuna que desafiasse o tempo. Cada operação financeira consolidava e aumentava os lucros anteriores. A riqueza é exponencial. Todo dólar ganho devia render dez outros."

"Foi desse jeito que Nathan fez fortuna?"

"Começou assim, mas no domingo 27 de abril de 1952 aconteceu algo fundamental. Lembro-me como se fosse ontem. Nesse dia, o senhor Josufus marcara encontro comigo no Copacabana Palace, um dos hotéis mais chiques do Rio, para me apresentar a alguém muito importante. Foi lá que encontrei o senhor Bélial. Um curioso personagem, uma espécie de velho prematuro, de tez pálida. Primeiro pensei que era um daqueles especialistas em misticismo que o senhor Josufus adorava, e eu esperava que a conversa versasse sobre o além, as forças cósmicas e outros assuntos do mesmo calibre, mas só se falou de volume de negócios, balanços, mais-valias e operações na Bolsa. O senhor Bélial propunha ao senhor Josufus um imenso pacote de ações de um grupo petrolífero. 'Uma brilhante especulação' — ele garantia — 'que vai quadriplicar seu capital.' Três dias depois concretizamos essa sociedade no escritório da Pickelhäring & Co., no Rio. Assim nasceu a Volksbuch Company, graças a essa transação que a levou a ter o controle da General Petroleum and Oil, o maior grupo petrolífero do mundo. As ações da Volksbuch subiram fantasticamente. O senhor Josufus e o senhor Bélial dirigiam a empresa em parceria. No momento da assinatura do acordo, descobri que o senhor Bélial era imensamente rico. E desconfiado. Assim, para evitar que um dos dois sócios passasse à frente do outro, exigiu que um segundo reconhecimento de dívida estipulasse que, na morte de um dos dois sócios, a Volksbuch fosse para o outro. Dois contratos foram, assim, assinados, e..."

"Havia reciprocidade? Nathan também possuía um documento lhe garantindo os bens de Bélial em caso de falecimento?"

"Claro que sim, o senhor Josufus estava convencido de que o senhor Bélial morreria antes dele e que, mais cedo ou mais tarde, a Volksbuch seria só sua."

"Stanislas conhecia essa disposição?"

"Fui eu que lhe informei. Mostrei-lhe o exemplar do contrato em favor de Nathan Josufus."

"Ou seja, se Bélial desaparecesse, o conjunto de seus bens iria para Stanislas?"

"Em princípio, sim. Só que o senhor Josufus se enganou, pois o senhor Bélial não tinha a menor pressa de morrer. Continuava a parecer tão velho como no nosso primeiro encontro, como se já tivesse acumulado todas as rugas e os cabelos brancos, aos quais o tempo não poderia acrescentar mais nada. O senhor Josufus acabou se resignando. E até sentia por ele uma espécie de admiração mesclada de afeto. 'Um homem que me faz ganhar muito dinheiro' — ele dizia — 'e que dá respostas às perguntas que me faço.' Eu também gostava do senhor Bélial. Uma personalidade muito cativante, mistura de misticismo e pragmatismo financeiro. Ele tinha grandes projetos para a Volksbuch, antecipava as manobras na Bolsa, lançava-se em especulações incríveis. Certas operações teriam nos levado à cadeia se não tivéssemos tomado nossas precauções. Por isso é que o senhor Bélial não podia chantagear o senhor Josufus, pois estava tão comprometido quanto ele. Arruinar o senhor Josufus seria arruinar a Volksbuch e arruinar a ele mesmo."

"Por que ele também cuidava da Argiron & Fils?"

"Foi uma idéia deles. Depois do acordo do Rio, eles se instalaram em Paris. Ao mesmo tempo que construíram a sede da Volksbuch, abriram essa gráfica, na rua de l'Evangile. O senhor Bélial era o responsável pela administração. O esoterismo o divertia. Além disso, as dimensões modestas da gráfica, seu caráter especial constituíam o biombo ideal para operações mais ou menos legais. Portanto, tudo ia muito bem. Enquanto o senhor Josufus percorria o mundo nos seus iates e jatos particulares, freqüentava a grã-finagem, exibia-se com mulheres que todos invejavam, era manchete nos jornais, o senhor Bélial trabalhava na sombra para a expansão da Volksbuch. Isso durou vinte e quatro anos. Mas em Munique tudo desandou."

"Você quer dizer, no momento da renovação do contrato?"

"Isso mesmo, no dia 30 de abril de 1976. Mais uma data marcante."

23

"Nunca entendi por que o senhor Bélial queria que se renovasssem esses contratos. Os acordos do Rio podiam durar indefinidamente e, apesar de todos os processos que moviam contra a Volksbuch, a empresa tinha lucros fabulosos; não se impunha um novo contrato."

"Talvez fosse para acrescentar POD, o que não figurava no primeiro contrato. O que quer dizer essa sigla?"

"Isso o senhor Josufus não quis me dizer. Alegava que não tinha importância. Eu não estava convencido, para mim essa sigla era a fonte de todas as nossas amolações. Mas jamais consegui saber... Seja como for, depois dessa segunda assinatura o senhor Josufus realizou uma série de operações financeiras que fizeram dele um dos homens mais ricos e mais poderosos do planeta. Algum tempo antes ele tinha se casado com Margaret von Gretchen, filha de uma família de prestígio, o que não o impediu de se desinteressar por ela muito depressa. Colecionava amantes, suas farras faziam a alegria da imprensa dos ricos e famosos. Nem por isso creio que fosse feliz. Mais de uma vez o ouvi dizendo que sua vida não era um sucesso."

"E no entanto tinha tudo aquilo que os homens querem!"

"A glória, a fortuna, o amor, a gente acha que isso basta para encher uma vida, mas é um erro. O senhor Josufus tinha tudo, mas lhe faltava o essencial."

"O quê?"

"Não sei. Talvez as respostas para seus questionamentos: o sentido da vida, o que viemos fazer neste mundo, coisas banais assim. A meu ver, são pessoas muito sós as que se fazem essas perguntas. Procuram uma razão de existir. O senhor Josufus era uma espécie de órfão permanente. Talvez esperasse que o Conhecimento, com C maiúsculo, o ajudasse a encontrar um lugar na vida. Faria qualquer coisa para conseguir isso. Às vezes fico pensando..."

Parou, olhou-me longamente em silêncio, como se refletisse sobre o que ia dizer. O calor estava sufocante. Seria o mesmo calor do Rio, onde Nathan tinha assinado seu primeiro contrato com Joachim Bélial? O silêncio se prolongou, achei que Cornélius ia pegar outras cervejas na cozinha, mas ele não fez nada, parecia perdido em seu devaneio.

"Fico pensando", recomeçou algum tempo depois, "se o senhor Josufus não vendeu sua alma à riqueza e à glória. Mas não só. Precisava de atenção, precisava sentir que se interessavam por ele, que as pessoas se dispunham a satisfazer o menor de seus desejos, a lhe oferecer a eternidade, se ele assim desejasse. Todos os homens sonham com essa solicitude. Mas alguns pertecem a uma espécie que lembra a bulimia, e nada é suficiente para saciá-los. O senhor Josufus queria sempre mais, mais dinheiro, mais poder, mais mulheres, mais consideração, mais Volksbuch Company, mais tudo, como se os sinais de seu sucesso jamais atestassem o amor que se tinha por ele."

"Quem, 'se'?"

"Não sei, Deus, o diabo, o senhor Bélial, a senhorita Lust... O senhor Josufus, eu lhe disse, era insaciável. Tudo o que desejava deixava de lhe interessar assim que o conseguia. Uma operação na bolsa trouxe a General Motors para as malhas da Volksbuch, ele estava radiante como uma criança que ganha um brinquedo novo, mas alguns dias depois não prestava mais atenção nisso, era como se sempre tivesse possuído a empresa recém-conquistada. A maioria das pessoas imagina que a riqueza ou a glória são algo que se tem de uma vez por todas, em caráter definitivo. Não é possível comer mais de dois bifes por dia, elas dizem, orgulhosas de seu bom senso. Que erro!

Fruir aquilo que se tem não basta para encher uma vida. O que vi com o senhor Josufus me convenceu de que era melhor sonhar com a felicidade do que ter acesso a ela. Nem a glória, nem a fortuna, nem o Conhecimento — com ou sem C maiúsculo — lhe permitiram alcançar o que desejava. Talvez nem ele mesmo soubesse o que era. Uma coisa é certa: era um homem decepcionado. 'Tive' — ele dizia — 'mais do que ninguém ousaria jamais desejar, e no entanto minha sensação é de que fui passado para trás'."

"Quem sabe ele foi passado para trás por Bélial?"

Ele olhou para mim, sem entender.

"Mas o senhor Bélial foi muito correto nesse negócio", disse. "Os dois criaram, juntos, uma magnífica holding, a Volksbuch é uma das empresas mais bem cotadas no mundo, suas ações não param de subir."

"Mas não é só isso. Nathan estava convencido de que morreria antes dele. Ora, Bélial não se apressa em bater as botas, e desse ponto de vista Nathan pensa ter entrado numa canoa furada. O grande ganhador dessa história poderia ser Bélial — aliás, os fatos confirmam. Nathan não suporta essa perspectiva. Se põe fogo na gráfica, não é para acabar com uma chantagem, como eu pensava, mas para recuperar o contrato em favor de Bélial, e mais provavelmente para eliminá-lo."

Ele não respondeu, e fiquei cogitando se esse silêncio equivalia a uma aquiescência.

"É de crer que conseguiu", recomecei. "Depois do incêndio da gráfica, Bélial não se manifestou mais. Só que Stanislas recebeu uma fotocópia desse contrato. Foi Bélial que lhe enviou? Você está na posição ideal para saber, você, que defende os interesses dele."

"Sinto muito decepcioná-lo, senhor Marlaud, mas não tenho a menor idéia. Desde o incêndio não tornei a ver o senhor Bélial. Até o momento em que Stanislas recebeu essa fotocópia, eu achava que ele tinha morrido."

Olhei para ele, espantado.

"Você não está em contato com ele?"

"De jeito nenhum, não tenho o menor contato com ele, não sei como encontrá-lo e, apesar do que o senhor pode pensar, não defendo os interesses dele."

"Então, que interesses você defende?"

"Os da Volksbuch Company."

"Isso é uma razão para impedir que Stanislas herde o que lhe cabe?"

"É a melhor razão. Durante quarenta e oito anos a Volksbuch foi minha única razão de viver. Ela foi administrada com mão de mestre pelo senhor Josufus e pelo senhor Bélial. Trabalhei lealmente para eles. Por isso é que, depois da morte do senhor Josufus, desejo que a Volksbuch vá para o senhor Bélial."

"Mas o herdeiro é Stanislas!"

"Stanislas levará a Volksbuch à ruína. E, antes de mais nada, ele não tem nenhum direito sobre essa empresa."

Decididamente, esse sujeito praticava a arte de me surpreender.

"Nenhum direito? O que você quer dizer?"

Ele não teve tempo de responder. Dirigiu-se para a janela como se o ar da sala estivesse pesado. Nesse exato momento ouvi um curioso ruído. Um assobio rápido e agudo. Ele girou sobre si mesmo e caiu de costas, enquanto seus braços batiam no ar como os de um fantoche desarticulado. Achei que estava enfartando e corri para socorrê-lo, mas ao tentar levantá-lo senti ao longo de seu peito um líquido viscoso e quente. Minhas mãos encontraram o cabo de um punhal na altura do coração. Fui até a janela e avistei uma silhueta correndo no telhado do prédio em frente. Saquei meu Beretta e dei três tiros na sua direção. Os disparos ecoaram, ensurdecedores, numa rua que nada parecia acordar. Tive a impressão de ouvir um grito de dor; a silhueta tropeçou, caiu no telhado, depois se levantou e fugiu. Eu ia sair em seu encalço quando um gemido de Lazare Cornélius me deteve.

"Espere, senhor Marlaud", ele disse com voz fraca, quando eu me debruçava sobre ele. "O senhor precisa ir ao cemitério de Jolival, em Argenteuil. Lá, procure a sepultura de Margaret von Gretchen, a esposa do senhor Josufus, e compreenderá o..."

Não terminou a frase. Soltou um leve suspiro, inclinou de lado a cabeça e seu rosto se imobilizou. Apesar de todas as minhas precauções, não pude impedir que acabassem com a vida de Lazare Cornélius. Senti tristeza. Ele precedia o patrão alguns dias na morte, ou melhor, como dissera, ele o acompanhava na morte, por antecipação. Fechei seus olhos, recolhi os cartuchos de minha arma e apaguei cuidadosamente qualquer vestígio de minha presença ali.

Já estava saindo quando, pensando melhor, voltei até o corpo do preposto e retirei o punhal que estava cravado no seu peito.

24

No dia seguinte, ainda eram seis da manhã quando entrei no Renault 5. No porta-luvas estava guardado o punhal que acabara com a vida de Lazare Cornélius. Essa arma, pensei, talvez me levasse a Stéphane Robin, o mais que provável assassino. E, a partir dele, a Bélial. Ou a Stanislas, que certamente havia encomendado o assassinato. Se eu soubesse conduzir bem as coisas, poderia tirar a sorte grande. Esse tipo de ocasião só se apresentava uma vez na vida de um homem — na família Marlaud, ainda menos —, e por isso eu estava decidido a não deixá-la passar.

A rua estava deserta. Apesar da hora tão matutina, a temperatura registrava uns graus a mais do que seria razoável. Paris estava envolta numa estufa brumosa de cheiro acre, como se eflúvios de podridão escapassem de seu ventre. Eu mal tinha dormido. O abafamento de meu quarto, a imagem da faca plantada no coração de Cornélius, seu corpo jacente no chão, tudo isso me impedira de fechar os olhos.

A limusine de Caronte teria sido mais adequada ao meu estado comatoso, mas preferi agir sozinho.

Minhas mãos se habituaram progressivamente ao contato da direção escaldante, subi o bulevar Rochechouart até a praça Clichy, peguei o bulevar des Batignolles até a Porta d'Asnières. De lá entrei na Nacional 309 em direção a Argenteuil, aonde cheguei em vinte minutos, de tal forma havia pouco trânsito.

As ruas estavam tão desertas como em Paris. Eram, na

maioria, cheias de casinhas idênticas. Longe de levar a paz àquele lugar, o silêncio evocava solidão e tédio. Atravessei também os conjuntos habitacionais de arquitetura futurista, tão desertos e sinistros como as ruas com casinhas, às quais se sucediam outros conjuntos habitacionais igualmente futuristas e mais fileiras monótonas de casas. Minha impressão era circular por um local de onde tivesse desaparecido qualquer vestígio de humanidade. O nevoeiro era tão denso que regularmente eu precisava descer do carro para ler na placa o nome de uma rua. E isso provocava latidos furiosos dos cães nas casas. Nem o calor nem o ar poluído amenizavam o ardor desses animais. Seus uivos eram o único sinal de vida em meio àquela desolação.

Na avenida Stalingrad, peguei a estrada de Saint-Gratien e segui até o cruzamento da rua de Raguenet com a rua de Maully. Ali ficava o cemitério de Jolival de que me falara Cornélius.

Eram sete da manhã — só mesmo sendo muito louco para chegar a um cemitério numa hora dessas. Como eu deveria ter desconfiado, ele estava fechado, e provavelmente não abriria antes de uma ou duas horas.

Enquanto me amaldiçoava por ter saído de casa tão cedo, dei uma olhada nos arredores. Do outro lado da rua havia um casebre de madeira bichada. Aproximei-me devagarinho. A porta estava aberta, lá dentro estava escuro, o calor era tanto que parecia um forno em plena atividade. No meio havia uma imensa mesa sobre a qual se viam garrafas de vinho e latas de conserva, algumas abertas e com comida dentro, soltando um cheiro forte de podre. No chão, uma profusão de guimbas e um saco de dormir dobrado num canto demonstravam que aquele local era freqüentado.

Terminada a inspeção, voltei ao cemitério. Para minha grande surpresa, havia uma motoneta encostada no muro, ao lado da grade da entrada. Do outro lado, um indivíduo, que podia ser o guarda.

Em todo caso, estava vestido de guarda. Boné e farda dos

empregados da prefeitura. Boné meio troncho e farda surrada, mas ele parecia ter aquele emprego desde que o mundo era mundo. Eu nunca tinha visto uma pessoa tão fossilizada, parecia um cadáver em decomposição. Nele tudo expressava a decrepitude e a morte: o rosto tinha uma cor tão terrosa como as sepulturas atrás dele, o olhar era sombrio, apagado, as faces chupadas como se envolvessem maxilares sem dentes, os ossos do rosto transpareciam sob uma pele pálida e fina, no limite do dilaceramento. Minha presença não parecia espantá-lo, o que não o impediu de me examinar longamente antes de me dirigir a palavra.

"Tem algum defunto a reverenciar?", perguntou com uma voz cujo vigor me surpreendeu.

"Procuro a sepultura de Margaret von Gretchen".

"Vou lhe mostrar."

Segui-o pelo dédalo de sepulturas, a maioria abandonada. Ele se movia como um peixe no aquário entre aqueles túmulos. Dirigia um sinal de amizade a um, dizia palavras afetuosas diante de outro, abaixava-se para arrancar o mato num terceiro. Parecia que estava ligado àquelas sepulturas por uma fraternidade muito antiga. Seria por isso que chegava tão cedo ao cemitério? Não conseguia ficar muito tempo longe delas, e para reencontrá-las não hesitava em enfrentar a canícula.

Parou diante de um pequeno túmulo de mármore preto.

"É aqui", disse.

E recuou um pouco para me deixar passar. Será que esperava que eu recitasse uma prece? A bem da verdade, eu não sabia muito bem o que fazer. Na lápide estava escrito: *Margaret von Gretchen, 1955-78*. Descobrir que ela morrera aos vinte e três anos e fora enterrada naquele canto perdido não me adiantava muito. Por que motivo Cornélius tinha me mandado ali? "Procure a sepultura da esposa do senhor Josufus, e compreenderá..." Por mais que eu examinasse o túmulo, não via o que haveria de compreender, até o momento em que uma inscrição quase apagada atraiu minha atenção. Inclinei-me sobre a laje e, depois de algum esforço, consegui decifrar o que restava: *1*...-...77.

O guarda se aproximou de mim:

"O senhor é da família da senhora Von Gretchen?"

"Digamos que sou um parente afastado. Estou de passagem pela região, senti que devia fazer essa visita." Lembrando-me do que Félix tinha me dito, acrescentei, para parecer mais verídico: "Ela não teve uma vida feliz, a pobrezinha".

"É verdade", ele concordou, "mas a morte lhe trouxe a paz. Segundo se dizia, possuía uma imensa fortuna, sua mansão em Neuilly era um esplendor, mas ainda assim terminou seus dias miseravelmente. Parece que estava completamente louca. No enterro dela não havia ninguém, nem mesmo o marido, só a enfermeira que cuidava dela. É triste dizer, mas nos dias de hoje as pessoas não têm mais respeito pelos mortos."

"Sem dúvida, o estresse da vida moderna", respondi. "Não temos mais tempo para nada. Então, os mortos... Ainda bem que o senhor está aqui para cuidar deles."

"Claro, sou eu que mantenho as sepulturas, limpo-as, ponho flores, mas atualmente, por causa do calorão, as flores não duram."

"Nessa toada, os floristas vão à falência."

Ele aprovou com um ar grave, como se eu acabasse de enunciar uma verdade essencial sobre a existência.

Mostrei-lhe a inscrição meio apagada.

"Sabe o que isso significa?"

"Deve ser outra pessoa enterrada junto com a senhora Von Gretchen, mas não sei quem. Nos meus registros não encontrei nada."

Tirei quinhentos francos de minha carteira. Seu olhar se acendeu, como se a visão da nota o ressuscitasse.

"Tem certeza de que não há nada?", insisti.

"Infelizmente, não! Se soubesse de alguma coisa, lhe diria, pode ter certeza."

Ele sentia tanto não poder me informar, que não ousei não lhe dar o dinheiro.

"É curioso", ele me disse depois de agradecer, "durante anos ninguém se preocupou com a senhora Von Gretchen, e eis que desde ontem o senhor é a segunda pessoa a visitá-la."

"Quem era a outra pessoa?"

"Alguém que afirmava ser da família. Disse que era filho de uma prima postiça da senhora Von Gretchen. Mas não acreditei. A meu ver, era um jornalista. Desses que metem o nariz onde não são chamados, sabe?"

Ele fez um retrato que correspondia demais ao de Félix para que eu tivesse alguma dúvida. O que ele tinha ido fazer ali, quando devia estar se informando sobre Stéphane Robin? Será que havia alguma ligação com ele? Ia ser preciso esclarecer tudo isso. E depressa.

Agradeci ao guarda e procurei a saída do cemitério. Quando saía, vi que ele examinava atentamente a minha nota de quinhentos francos. Será que temia que fosse falsa? A menos que pensasse poder ser enterrado junto com ela.

O Renault 5 arrancou de primeira.

Dirigi-me para Argenteuil e, de lá, rumei para Paris.

25

No caminho de volta, pensei na inscrição do túmulo de Margaret von Gretchen. Seria para isso que Cornélius desejava chamar minha atenção? Infelizmente, alguém havia apagado a inscrição. O 77 que sobrevivera indicava certamente o ano de um falecimento: 1977. Quem teria morrido nessa data? Félix teria descoberto alguma coisa? Tentei ligar para ele, mas caía na secretária eletrônica, então deixei um recado pedindo que me ligasse assim que possível.

Depois telefonei para Antoine para saber se, de seu lado, havia alguma novidade. Seu celular estava desligado e no escritório a secretária me informou que ele só voltaria do Palácio da Justiça no final da tarde.

Cheguei à rua Rodier e me preparava para estacionar o carro quando, procurando meus cigarros no porta-luvas, bati no cabo do punhal que matara Cornélius.

E abruptamente entendi por que eu tinha guardado aquela arma. Desistindo da vaga que me esperava debaixo de meu prédio — a mesma de onde eu saíra três horas antes, o que me levava a crer que ninguém circulava por esta cidade superquente —, acelerei direto para Bagnolet.

Pelo visto, o meu dia estava dedicado aos subúrbios.

A casinha da tia Mathilde ficava atrás da avenida de Paris, numa pequena rua que não era muito diferente daquelas que eu havia atravessado em Argenteuil. Ali ela vivia a sua viuvez digna, dedicada à memória do tio Anatole. Não era o tipo de companhia que mais me agradava, mas as circunstâncias exigiam.

Se a tia Mathilde me considerava o melhor detetive de toda a região de Seine-Saint-Denis desde que eu tinha encontrado o seu cãozinho perdido em Romainville, isso não a impedia de me azucrinar com suas reprimendas.

"Um verdadeiro Marlaud", disse ao me ver, "incapaz até mesmo de comprar um carro decente!"

É verdade que eu poderia impressioná-la chegando de limusine, mas por causa do conselho de Cornélius decidi dispensar Caronte.

Depois de seu sermão costumeiro sobre a mediocridade da minha vida, ela me fez sentar à mesa da sala de jantar e me serviu uma boa xícara de café com leite e pão com manteiga. Na minha frente, acima do bufê, reinava o retrato do tio, que ela mandara ampliar a partir de uma foto de identidade. Ele me encarava de uma forma em que imaginei ver a mesma desaprovação da esposa diante da vida que eu levava.

"Ele, ao menos, teve sucesso", ela disse, "tinha a segurança do emprego e um bom salário, foi assim que conseguimos economizar e comprar esta casa."

"Justamente, queria que você me falasse dele."

E antes de deixá-la começar mais um discurso sobre a grandeza da poupança, peguei o punhal que tinha levado comigo.

Ao vê-lo, ela empalideceu.

"Onde você achou isso?", perguntou.

"No coração de um homem." Diante de sua expressão de pavor, acrescentei: "É uma investigação difícil. Pensei que você poderia me ajudar, e que, talvez, reconhecesse essa arma".

Achei que ela ia cair em prantos. Ficou um instante prostrada, pegou o lenço no bolso do avental, enxugou os olhos (curiosamente tive a impressão de que estavam secos) e disse com voz alquebrada:

"Foi com isso que assassinaram o seu tio. A polícia nos disse que essa arma se chama *navaja*. Uma faca espanhola.

Por isso é que investigaram os ciganos que moravam ao lado da gente."

Pegou a arma e a examinou e depois a colocou sobre a mesa.

"Era a mesma faca, lembro-me perfeitamente bem. Foram os ciganos que fizeram aquilo, tenho certeza, mas deviam ter pistolão, pois a polícia abandonou a investigação."

"Por que não gostariam do tio Anatole?"

"Alguns dias antes, ele tinha se queixado da barulheira, eles organizavam aquele flamenco, uma zoeira horrorosa com gritos selvagens, guitarras e castanholas. Não havia jeito de fecharmos o olho. Talvez você se lembre, nesse dia você dormiu aqui em casa."

Essa história me despertou uma vaga lembrança, tive a impressão de rever o tio debruçado na janela e gritando: "Essa barulheira não vai acabar?". E naquele momento eu havia admirado sua coragem e seu sentido de autoridade.

"Você tinha uns doze anos na época, não mais que isso, é normal que tenha esquecido", disse minha tia.

"E o que aconteceu depois?"

"Quando os ciganos souberam que Anatole tinha dado queixa, ficaram furiosos. Foi no dia seguinte, e me lembro bem por causa do calorão, o mesmo de agora, que também nos espantou, pois a primavera acabava de começar e já fazia um calor daqueles, completamente fora de estação. Pois bem, no dia seguinte tínhamos deixado aberta a janela da sala para ventilar e ouvir melhor os ciganos caso eles recomeçassem o flamenco. Estávamos decididos a chamar a polícia ao som da primeira castanhola. Seu tio estava sentado nesse lugar", ela esclareceu, apontando para o local onde eu estava. "Ainda posso vê-lo bebendo sua verbena, na mesma posição em que você está diante do seu café com leite. Tínhamos desligado o rádio de propósito, para ficar de olho nos ciganos. Lá pelas onze horas estava tudo calmo e achamos que eles tinham entendido a lição e que podíamos ir dormir. Anatole foi o primeiro a se levantar e foi até a janela para conferir. Nesse momento, houve um barulho esquisito. Certas noites ainda o ouço. Um assobio rápido e agudo. Anatole caiu de costas. Pensei que estivesse passando mal, mas ao tentar levantá-lo encontrei um punhal igual a esse fincado no peito dele. 'Foram os ciganos que fizeram isso, para se vingar', ele disse. E morreu nos meus braços."

"Os ciganos o teriam matado por causa de uma história de barulheira noturna? Parece uma insensatez."

Ela me fulminou com o olhar.

"Seu tio sabia muito bem o que dizia."

"Mas a polícia não levou a sério essa pista."

"Repito: os ciganos tinham pistolão, foi por isso que a polícia não levou a coisa adiante."

Não insisti.

Ela pegou a arma e a examinou de novo.

"Incrível!", disse, "exatamente a mesma faca..."

Apertou uma espécie de botãozinho que imaginei que fosse uma trava. Ouvi um clique e a lâmina saltou.

"O mesmo brasão!", ela exclamou. "Olhe."

Não consegui reter um grito de estupefação ao reconhecer o brasão que Chapireau tinha me mostrado: a serpente verde, enrolada sobre si mesma, que enfeitava o alfinete de gravata de Nathan Josufus.

"Não acredito", eu disse, "o mesmo tipo de faca matou o tio Anatole e o sujeito que investigo."

"Pode ter certeza de que é outro crime dos ciganos. Já que a polícia não faz nada, espero que você ao menos consiga prendê-los."

"Claro", respondi para não contrariá-la.

"É curioso que você tenha vindo me ver hoje", ela disse um pouco depois, "seu tio morreu há vinte e três anos, quase nesta mesma data."

Ao ouvir isso, tornei a pensar na data inscrita na sepultura de Margaret von Gretchen. Veio-me também a idéia de que ela havia morrido em Neuilly e que, justamente, meu tio trabalhara no cartório de Neuilly. Lembrei-me em seguida do livro de registro que a tia Mathilde me mostrara no dia em que encontrei seu cãozinho.

Perguntei se ainda estava com aquele livro.

"Claro", ela respondeu, "teria de devolvê-lo à prefeitura, não foi muito correto Anatole trazê-lo para casa. Mas não tive coragem de levar. Precisaria atravessar Paris, de metrô, e além disso o registro ficou como uma lembrança."

"Posso vê-lo?"

"Se quiser, mas qual é a relação com...?"

"O livro, tia!", quase gritei, incapaz de controlar minha impaciência.

Ela não disse uma palavra, levantou-se, um pouco pálida, e voltou minutos depois com um caderno grosso de capa preta. A data que figurava na capa não me surpreendeu: 1977, ano de sua morte. Abri-o, febril: era dividido em seções, cada uma correspondendo a um mês. Com o desvelo maníaco que o caracterizava, meu tio escrevera os nomes com tinta azul, e as datas de nascimento e morte com tinta vermelha — estas últimas sublinhadas de preto, como para indicar melhor o termo de uma vida.

Fui direto ao dia 30 de abril. E, ali, entendi por que Lazare Cornélius tinha me enviado ao cemitério de Jolival. Em azul figurava o seguinte nome: Stanislas-Euphorion Josufus; e em vermelho, duas datas, a segunda sublinhada de preto: 30 de abril de 1976 – 30 de abril de 1977. O filho de Nathan Josufus não vivera mais que um ano. Nascera e morrera num dia que parecia importante na família dos Josufus. O que o preposto me dissera ficava claro: o homem que me pagava para encontrar o reconhecimento de dívida era um impostor. Parecia inacreditável: um impostor! Sem dúvida Bélial ignorava o fato, do contrário não teria se dado ao trabalho de lhe enviar uma cópia do documento. Mas, logo que soubesse, provaria sem dificuldade que Stanislas não era o herdeiro de Nathan e que a Volksbuch lhe cabia *de facto*. Era óbvio assim. Uma coisa, porém — e não das menores —, permanecia incompreensível: Nathan não só não comunicara a morte de seu herdeiro, como havia criado seu substituto como um verdadeiro filho, pagando-lhe as melhores escolas na Suíça e sempre acobertando seu comportamento errático. Que tipo de vínculo o unia àquele homem? Eu precisava tirar isso a limpo. Mas, por ora, essa descoberta já me era o bastante. Antoine não acreditaria: era bem mais do que tínhamos imaginado. Se agíssemos corretamente, uma fortuna poderia cair em nossos bolsos.

"Alguém sabe que você tem esse registro?", perguntei à minha tia.

"Ninguém. Alguém da prefeitura telefonou, depois da morte de seu tio, para saber se estava aqui, mas eu disse que não." Meu ar de triunfo não lhe passou despercebido: "Você encontrou o que procurava?", perguntou.

Concordei com um sinal de cabeça. Ela me olhou com admiração. Eu acabava de subir um grau na sua estima. Com toda a certeza, eu era o melhor detetive dos arredores de Paris. Foi num tom quase tímido que me perguntou:

"E então, você vai prender os ciganos?"

26

Ela insistiu para que eu ficasse até a hora do almoço.

Antes de passar à mesa, telefonei para Félix. Fui novamente brindado com sua secretária eletrônica. Essa ausência me inquietou. Por que ele tinha ido ao cemitério de Jolival? Com seus hábitos de xereta, teria farejado a trapalhada na sucessão de Nathan? Nesse caso, devia estar preparando uma reportagem sensacionalista para seu jornal.

Depois tentei achar Antoine, em vão.

Tia Mathilde quis saber o que eu tinha descoberto no livro de registro do tio Anatole. Respondi que havia ali dados capazes de condenar à prisão perpétua todos os ciganos do planeta, mas que naquela fase da investigação eu não podia dizer mais nada. Discrição profissional. Ela gostou da fórmula, que a seus olhos confirmava minha competência, e o resto do almoço se passou entre banalidades.

Fui embora depois do café, dando voltas em minha profunda perplexidade. Vinte e três anos depois, eu deparava com a morte do tio Anatole. Alguém o teria assassinado para impedir que ele revelasse a morte do verdadeiro Stanislas? Hipótese sugerida pelo brasão marcado na *navaja*. Restava pôr um nome nesse "alguém". Sem dúvida alguém do clã Josufus: o falso Stanislas? Na época ele ainda usava fraldas. Nathan, então, que teria assim encontrado um herdeiro substituto? Para não deixar a Volksbuch para Bélial? Talvez. Mas o fato é que quem lucrava com o crime era o Stanislas de araque, que talvez tivesse, em seguida, tomado as providências necessárias para impedir que a verdade viesse à tona. Refletindo bem, o caso era muito mais enrolado e delicado do que eu pensava.

Logo cheguei à Porta de Bagnolet.

Ali as coisas se complicaram. Naquele meio de tarde, o trânsito estava pesado. Parecia que os carros se empilhavam uns sobre os outros. Com tempo normal aquilo já engarrafava, imagine com aquele calor; estava tudo parado. Levei mais de uma hora para chegar à praça Gambetta. Ali, novamente tudo parado apesar do concerto de buzinas que expressava uma irritação no grau máximo. Naquele forno, Paris funcionava sem a menor coerência. Os cafés ficavam abertos a noite toda, às vezes havia shows improvisados de música, que atraíam os insones do bairro. Eles tentavam diluir na música e no álcool o calor e a falta de sono. Casais se formavam no acaso de uma dança ou de uma troca de olhares, brigas se seguiam e a polícia, assoberbada, desistia de intervir. Em compensação, durante o dia tudo estava deserto, as pessoas se abrigavam dentro de casa, com cortinas e janelas fechadas, ou então tentavam encontrar um pouco de ar fresco nas piscinas ou nas margens do Sena. A cidade só recuperava um semblante de atividade à tardinha, quando abriam as lojas e certas repartições. Começavam então os engarrafamentos alucinantes, acompanhados de cenas de desespero incontroláveis, e tudo podia explodir.

Já era noite quando cheguei à rua Rodier. Antes de subir, liguei para Antoine, seu celular continuava desligado; no escritório, a secretária me informou que ele estava preso num engarrafamento. Depois liguei para Félix. Sem resultado. E em seguida para Lust. Porque desejava revê-la e também porque tinha a sensação de que poderia me ajudar a desfazer aquele imbróglio; caí na secretária eletrônica.

Decepcionado, comecei a subir minhas escadas.

Quando cheguei ao sexto andar, vi diante da minha porta o tampinha e o grandalhão do outro dia.

Zig & Puce, só faltava Alfred, o pingüim.*

"Que surpresa boa!", exclamei. "Vocês trouxeram meu terno Smalto?"

Mas eles não estavam para brincadeira.

"O delegado Chapireau quer vê-lo imediatamente", disse Puce, num tom que não prenunciava nada de bom.

Chapireau me fez esperar um tempão.

Quando, finalmente, me recebeu, instalou-se debaixo do quadro *La fille aux yeux verts* e foi direto ao assunto.

"Cornélius foi assassinado ontem num prédio da rua de l'Ourcq. Foi uma faxineira que descobriu o cadáver. Ela é paga pela Volksbuch Company. Porque, por mais espantoso que pareça, o dono desse apartamento miserável é Nathan Josufus."

Fiquei impassível, esperando que me perguntasse se eu sabia desse crime, mas ele prosseguiu:

"Segundo o médico-legista, Cornélius foi morto entre onze horas e meia-noite. O que você fazia nesse momento?"

"Estava no cinema, mas sou incapaz de lhe contar o filme, dormi quase toda a sessão. Quanto à entrada, joguei fora para que não ficasse no meu bolso. Como vê, impossível confirmar meu álibi."

"Não estou lhe pedindo um álibi."

Um silêncio, e em seguida: "A morte desse homem me traz um problema, sabe. Havia um terrível lançador de facas no telhado do prédio em frente. A arma atingiu Cornélius em pleno coração, ele rodopiou e caiu no chão. Foi o que deduziu o perito em balística".

(*) Personagens da série francesa de aventuras em quadrinhos dos anos 20, pioneira no uso de balões para as falas. (N. E.)

"Lançar facas não é a minha especialidade. Meu canivete serve para passar manteiga no pão."

"Ninguém o está acusando, Marlaud. O chato é que não se encontrou a faca na casa de Cornélius. Portanto, alguém a tirou de lá."

"O assassino, para confundir as pistas."

"Francamente, você imagina que ele teria ido pegar a própria arma? Se podia entrar na casa de Cornélius, por que lançaria uma faca do telhado em frente? Deduzo, portanto, que havia *necessariamente* alguém no apartamento. E esse alguém, por uma razão que desconheço, levou a faca."

"Talvez seja o cúmplice do assassino."

"Pensei nisso... E até desconfiei de Stanislas Josufus. Ele tinha bons motivos para não gostar de Cornélius. Mas ontem à noite ele estava no Goungoune Bar, a boate da moda, pertinho da rua de l'Ourcq, o tipo de estabelecimento que de bom grado eu mandaria fechar."

"Por que não manda?"

"Por quê?" Ele começou a rir. "Para um detetive particular, você ignora muita coisa, Marlaud! Essa boate pertence a Nathan Josufus. Toda vez que quis intervir deparei com um veto. Stanislas teria passado a noite lá, álibi confirmado por várias testemunhas. De qualquer maneira, o homem que estava com Cornélius não pretendia assassiná-lo."

"Como você sabe?"

"Depois que o cara lançou a faca, houve vários tiros dados de dentro do apartamento. Os vizinhos são categóricos: havia um sujeito que atirava para o telhado em frente. Atirava no assassino, é claro. Aliás, o atingiu, havia vestígio de sangue no telhado. Mandamos as amostras para o laboratório. Assim, não é como suspeito que você está aqui, e sim como eventual testemunha."

Nesse momento tocou o telefone. Ele ouviu o interlocutor, sem dizer nada. Antes de desligar, murmurou algo como "Tudo bem, pode ir para casa". Compreendi então que aquela conversa comigo era só para fazer hora. Para permitir que Zig & Puce vasculhassem meu apartamento à procura, provavelmente, da *navaja* que eu tinha deixado na casa de tia Mathilde.

"Pois é, Marlaud", ele disse ao se levantar. "Sinto muito tê-lo detido aqui, mas achei que talvez você tivesse algo a nos dizer sobre esse crime." Acompanhou-me até a porta de sua sala: "Alguma novidade a respeito do incêndio na gráfica?", perguntou ao apertar minha mão.

Respondi com uma negativa.

"Tome cuidado, esse caso está ficando muito estranho. Se tiver aborrecimentos, Valdès talvez não consiga limpar a sua barra; seria melhor você deixar essa história pra lá."

Respondi que ia pensar no assunto. Mas quando eu estava saindo ele me perguntou de supetão:

"Aliás, qual é a sua arma?"

"Uma Beretta 92."

"Ah, é? É curioso, encontramos no telhado do prédio em frente a bala de uma Beretta. Deve ser coincidência."

Não respondi nada, me despedi e fui saindo às pressas.

Lá fora me lembrei de que ainda não havia recuperado o meu terno Smalto, mas não tinha a menor vontade de voltar para pedi-lo a Chapireau.

Fui andando até em casa. No caminho, tentei em vão achar Félix, Antoine e Lust. A trinca dos cavalos perdedores. Não totalmente, porém, pois na hora em que cheguei ao sexto andar não consegui deter uma exclamação de surpresa.

No lugar onde havia encontrado Zig & Puce estava Lust.

Sentada defronte de minha porta.

27

Nesse exato momento meu celular tocou.

"Muito bem, responda", disse Lust, "o que está esperando?"

Sem tirar meus olhos dos seus, peguei o celular. Lust era de fato uma garota sensacional. Estava feliz em revê-la. Seu tailleur cinza de linho estava pedindo para ser amassado, e a saia que lhe batia no meio das coxas deixava à mostra pernas que fariam qualquer um sonhar, até mesmo os menos imaginativos.

E, para completar, achei terrivelmente excitante seu modo irônico de me dizer: "Muito bem, responda".

"Santo Deus, o que está acontecendo com você?", perguntou Antoine, quando atendi. "Parece que você não parou de me ligar, será que descobriu uma mina de ouro?"

"Melhor que uma mina de ouro, mas é muito comprido para explicar pelo telefone."

"Passe no escritório, estou esperando."

Sem dúvida, Lust escutou, porque um sorriso se esboçou em seu rosto. Um sorriso provocador, que significava: "Não se importe comigo, vá até lá". Meu olhar deslizou por seu tailleur e meu coração disparou.

"Impossível", respondi a Antoine, "estou preso no engarrafamento, na Porta de Bagnolet. Está uma loucura."

"O que você está fazendo aí? Pegue o metrô, vai mais rápido."

"Vou ver o que posso fazer."

Antes que ele tivesse tempo de retrucar, desliguei.

O celular tocou novamente, mas não respondi.

Lust sorriu.

"Se você ainda está na Porta de Bagnolet", ela disse, "pode ser que eu tenha de esperar um bom tempo, é melhor que..."

Não a deixei terminar, aproximei-me e lhe dei um beijo na boca.

Enquanto ela correspondia a meu beijo, o mundo deixou de existir. Levei-a para dentro de casa e, antes de mais nada, desliguei meus dois telefones.

No dia seguinte, ao abrir os olhos pensei que aquele seria talvez o último dia de Nathan — a data de meu relógio marcava 30 de abril —, mas a visão de Lust deitada ao meu lado naquela cama que ocupava quase todo o quarto afastou esses pensamentos.

Era o tipo de mulher que ficava à vontade em qualquer lugar. Quando eu abrira a porta de meus dois quartos de empregada, temendo que a exigüidade do local e o calor sufocante a afugentassem, ela não prestou atenção em nada e se dirigiu para o quarto com tanta naturalidade como se estivesse no Waldorf em Londres.

"Você é um amante maravilhoso", ela me disse, "o melhor que já tive."

"Era por isso que você estava tão apressada na clínica?"

"Eu sei, devo ter parecido distante, mas não queria que adivinhassem que havia alguma coisa entre nós. Sobretudo porque Nathan estava no quarto ao lado. E, além disso, eu ainda estava furiosa com você."

"A troco de quê?"

"De suas acusações! Não apreciei que você desconfiasse que Nathan pudesse ser um incendiário."

"É o bê-a-bá da minha profissão: plantar o falso para colher o verdadeiro. Nunca lhe explicaram isso?"

"Talvez, mas Nathan vai morrer em breve, não quero que

sujem sua memória. Fui muito feliz com ele, tenho a sensação de lhe dever alguma coisa."

E eu tinha a sensação de que ela tentava me enrolar. Desconfiar que Nathan havia incendiado a gráfica não era razão para que se fingissse de viúva ultrajada.

"Esqueça isso", eu disse. "Nathan tinha mais o que fazer do que acender fósforos numa gráfica miserável. Na minha profissão sempre se imagina o pior."

Ela sorriu.

"Você é um anjo", disse me beijando, "eu tinha certeza de que se mostraria leal com Nathan."

Leal, a palavra parecia meio excessiva. Levantei e fui preparar dois nescafés, acompanhados de biscoitos de chocolate.

"Sinto muito", disse, "se quiser posso lhe propor, além disso, um Lucky Strike ou um copo de Glenmorangie."

Ela começou a rir.

"Está ótimo. Da próxima vez, eu é que cuidarei do café-da-manhã. E, além disso, imagino que as coisas vão mudar pra você. Logo, logo poderá me levar aos melhores hotéis."

"O que quer dizer com isso?"

Minha pergunta a embaraçou.

"Apenas que Stanislas recompensará seus serviços adequadamente."

"Que serviços?"

"Sei lá, mas ele lhe paga por alguma coisa, não paga?"

Hesitei antes de responder. A cena na clínica voltou à minha mente: ela se aproximou de Stanislas, ele passou o braço em torno de seu pescoço, se debruçou sobre ela, mas quando me viu ela se afastou bruscamente dele.

Foi o que me levou a decidir correr riscos.

"Stanislas me paga para recuperar um reconhecimento de dívida, do qual Bélial lhe enviou uma fotocópia."

"Um reconhecimento de dívida?"

"Nathan deixou estipulado que, quando morresse, todos os seus bens, inclusive sua parte na Volksbuch, iriam para Bélial.

Ou seja, ele fez de Bélial seu legatário universal. Eu deveria encontrar esse documento, o mais tardar, hoje, pois, segundo Stanislas, Nathan não deve passar de hoje."

"Mas é um absurdo!", ela exclamou. "Mesmo se Nathan morrer hoje, Stanislas é seu filho, é ele que deve herdar. Qualquer tribunal lhe dará razão."

Tive a impressão de que estava representando. Aflorou em mim a idéia de que talvez Lust soubesse que Stanislas não era filho de Nathan. Mas logo afastei esse pensamento, de tal forma me pareceu improvável. Em todo caso, uma coisa era certa: o fato de que esse pudesse ser o último dia de Nathan não parecia emocioná-la muito.

"Não é tão óbvio assim", respondi. "Stanislas pode ganhar, mas só ao fim de anos e anos de processos. O melhor é procurar um entendimento com Bélial, mas o problema é que ninguém sabe onde encontrá-lo. Se ele quisesse negociar, já teria se manifestado. Deve estar esperando sua hora, escondido em algum lugar. Mesmo se eu puser as mãos nele, não posso garantir que aceitará encontrar Stanislas."

A resposta a deixou perplexa.

"Tem razão", ela disse, "certamente não aceitará negociar. Foi por isso que mandou Cornélius desligar os aparelhos de Nathan. Se você encontrar Cornélius, talvez ele lhe diga onde Bélial se esconde."

"Só que o assassino foi mais rápido que eu."

"Como é?", ela perguntou me olhando, apavorada.

Parecia sincera, embora com ela nunca se tivesse certeza de nada. Contava a seu favor o fato de que a imprensa ainda não tinha divulgado o crime.

"O preposto da Volksbuch Company foi assassinado anteontem à noite, na rua de l'Ourcq, no 19º *arrondissement*. O mais surpreendente é que o conjugado sórdido onde ele se escondia era de Nathan. Você sabia disso?"

Seu espanto tornou-se mais intenso. Lust ficou calada um tempão.

"Não", acabou dizendo. "Nathan tinha propriedades por todo lado, eu não conhecia todas, mas um conjugado na rua de l'Ourcq não era seu gênero."

Quanto a isso, eu acreditava. Não via Nathan levando uma de suas amantes a um lugar daqueles.

"Talvez tenha sido Bélial que mandou matar Cornélius", ela disse, "para que ele não levasse você ao esconderijo dele."

Nada respondi.

"É um horror", ela disse, "mas, afinal de contas, Bélial não vai virar o chefe da Volksbuch!"

Eu compreendia seu desespero. Ela podia pensar em substituir Nathan por Stanislas, mas por Bélial não chegava a ser uma perspectiva divertida.

De repente, perguntou:

"Ontem à noite, ao telefone, você disse 'melhor que uma mina de ouro'; era a respeito desse caso?"

Decididamente, nada lhe escapava. Dei-lhe a mesma resposta que à tia Mathilde, ou seja, que nessa fase da investigação eu não podia dizer mais nada. Discrição profissional. Ela fingiu se conformar.

"Vejo que você é um detetive competente", disse num tom meio irritado.

Depois, dando uma olhada no relógio, declarou que precisava ir embora, pois tinha que ir para casa e depois à clínica, no caso de... Já passava de meio-dia, e de minha parte eu tinha um monte de coisas a fazer: ligar para Félix, depois para Antoine, e também renovar meu estoque de Glenmorangie.

Cada coisa a seu tempo, e comecei por religar o telefone.

Lust tinha se vestido. Penteou o cabelo, passou pó no nariz, arrumou o colar de pérolas e prendeu um brinco na orelha esquerda.

"Você não tem o outro?", perguntei espantado.

"Perdi, mas guardo este, foi presente de Nathan. E acho que um brinco só fica muito chique. O que você acha?"

Ela se virou para que eu visse melhor.

Não consegui sufocar meu espanto.

O brinco representava uma serpente verde, enrolada sobre si mesma. Como o motivo que enfeitava o alfinete de gravata de Nathan ou os punhais que tinham servido para matar o tio Anatole e Lazare Cornélius.

28

"O que é que você tem?", perguntou Lust. "Parece que acaba de ver o diabo."

Não estava errada: o diabo e a serpente. Revi, torcida pelas chamas, a jóia que Chapireau tinha me mostrado. Segundo ele, o alfinete de gravata de Nathan Josufus.

De repente tocou o telefone.

"Você está brincando comigo?", irritou-se Antoine. "Não há meios de encontrá-lo. Você está com a Miss Mundo ou algo assim?"

No mesmo instante Miss Mundo abriu a porta do quarto, me mandou um beijo com a mão e saiu. Quis chamá-la de volta, mas Antoine estava irritado.

"Mande sua Miss Mundo embora e se apresse!", ele gritou.

Ela acabava de sair. De minha janela a vi entrando no carro, um cabriolé Alfa Romeo vermelho, estacionado do outro lado da rua.

"Alguma novidade?", perguntei a Antoine.

"Novidades, e como! Pegue o seu carro, nem pensar na limusine. Se não chegar daqui a cinco minutos, vou entregar o caso a outra pessoa."

Quinze minutos depois eu estava no escritório dele.

Antonie me conduziu diretamente à sua sala. A secretária não estava. Essa ausência, e mais sua fisionomia preocupada, bastavam para indicar a gravidade da situação.

"Você vai ou não vai me dizer o que está acontecendo?", perguntei.

"Você já saberia se não tivesse tido a idéia genial de desligar o telefone. Mas primeiro me fale dessa mina de ouro que descobriu. O que é exatamente?"

Contei-lhe meu encontro com Cornélius e minha descoberta no livro de registros do tio Anatole. Quando terminei, Antonie pegou uma garrafa de uísque no bar e encheu dois copos.

"Isso não me espanta", disse ele, "Nathan Josufus não tinha a menor vontade de deixar a Volksbuch para Bélial. Quando o filho dele morreu, ele o substituiu por Stanislas. Como Cornélius soube disso? Não tenho a menor idéia. De qualquer maneira, Stanislas deve saber que ele sabe. Sem a menor dúvida, foi ele que mandou assassiná-lo."

"E teria confiado esse serviço a Stéphane Robin? Até agora, eu achava que Stéphane Robin estava a serviço de Bélial."

"Pois é, você se enganou. Stéphane Robin trabalha para Stanislas. Por ordem dele, acabou com a vida de Cornélius, para que ele não contasse a verdade a Bélial."

"Só que Cornélius não sabia do paradeiro de Bélial."

Antoine me olhou com um ar sonhador.

"Você nem calcula como acertou em cheio... Bélial não conhece a verdade, Cornélius não pode tê-la contado, do contrário Belial não aceitaria entregar o reconhecimento de dívida contra cem milhões."

Não acreditei no que estava ouvindo.

Diante da minha expressão de estarrecimento, Antoine explicou:

"Stanislas veio aqui ontem à noite, logo depois que você bateu o telefone na minha cara. Um sujeito — ele não sabe quem é — lhe telefonou a mando de Bélial. Disse-lhe que Bélial estava disposto a entregar o reconhecimento de dívida contra essa quantia."

"Mas é uma loucura! Ele não precisa desse dinheiro."

"Pois é, já é dono de metade da Volksbuch e pode ter a totalidade da empresa. Cem milhões é uma ninharia para ele. Por que desistiria assim de seus direitos? Tem aí alguma coisa que não sei explicar."

"Não seria alguém que fingiu telefonar a mando de Bélial?"

"Pensei nisso, mas para provar que não blefava o sujeito mandou um fax do reconhecimento de dívida."

Ele fez um gesto de impotência.

"Os fatos são esses. A melhor maneira de saber o que está se tramando é não esconder o jogo e mostrar a grana. De qualquer maneira, hoje é 30 de abril. Não temos muita escolha."

Levantou-se e me fez sinal para segui-lo.

Fomos para o imenso salão contíguo à sua sala. Eu tinha entrado lá numa noite em que ele organizara uma baita recepção com tudo o que havia de mais badalado no mundo político-artístico-midiático. Antoine queria me entregar um trabalho urgente. E um garçom, que me confundira com um convidado, me oferecera uma taça de champanhe que bebi às pressas.

Foi quando me lembrei onde tinha visto pela primeira vez o *La fille aux yeux verts*, de Matisse.

"Há o mesmo na sala de Chapireau", disse Antoine, "você deve ter notado. Ofereci a ele uma reprodução, no mês passado. O original, é claro, está aqui."

Ele fez o quadro girar. Atrás havia um cofre escondido, com porta blindada e fechaduras com segredo, como no cinema. Antoine rodou alguns botões num sentido e depois no outro, e o cofre se abriu. Pegou ali dentro duas volumosas sacolas de couro que pareciam pesar toneladas e as colocou no chão.

"Seu amigo Stanislas me entregou isso ontem à noite", ele disse. "Para falar a verdade, ele ficaria feliz se pudesse acertar essa história com cem milhões. Eu não acreditava que ele conseguisse juntar tanto dinheiro tão depressa, mas pelo visto deve haver muita grana nas gavetas da casa dele. Uma das sacolas contém cinqüenta milhões em dinheiro vivo, o resto está em pedras preciosas e lingotes de ouro com o selo do Banco da França."

Olhei para as duas sacolas, com espanto. Cem milhões de francos, mais de 15 milhões de euros! Que elas pudessem conter tanto dinheiro ultrapassava meu entendimento.

"Há mesmo cem milhões aí dentro?", perguntei no tom de quem duvida até de que tanto dinheiro possa existir.

"Com absoluta certeza. E é você que vai levá-lo ao destinatário. Em troca, ele lhe entregará o reconhecimento de dívida assinado por Nathan Josufus."

Arregalei os olhos.

"Sou eu que vou levar esse dinheiro?"

"Convenci Stanislas de que só você podia resolver essa história."

Levei um bom tempo para recuperar a calma. Olhei de novo para as sacolas. Tinha a impressão de que se tocasse nelas iam explodir bem na minha cara.

"Onde devo entregar isso?"

"Em breve saberemos. Devem me telefonar. Você receberá um milhão por esse serviço, o que me parece correto."

Por mais que parecesse imensa, achei a quantia irrisória em relação ao conteúdo das sacolas.

"Imagino que você receberá o mesmo", eu disse.

"A gente funciona no meio a meio, não é? Stanislas queria enviar outra pessoa. Sem mim, esse dinheiro ia passar debaixo do seu nariz."

Talvez ele esperasse um agradecimento. Eu ia arcar com todo o trabalho, ao passo que ele ganharia um milhão para não fazer nada. Ser rico era isso: mandar os outros carregarem pedra! Quem não aceitar essa realidade, melhor não sair mais de casa.

"Quando terei meu dinheiro?", perguntei.

"Vou lhe dar depois da entrega, quando você tiver me trazido o reconhecimento de dívida."

Decididamente, reinava a confiança. Quis fazer essa observação, mas achei mais sensato me abster.

Ele se instalou em sua escrivaninha e me sentei diante dele. Passaram-se três horas, durante as quais esvaziamos boa parte de sua garrafa de uísque. Depois mandamos subir uns sanduíches do bar. Antoine quis saber o que eu fazia em Bagnolet, na véspera. Expliquei-lhe que tinha ido à casa da tia Mathilde, onde encontrei o registro que mencionava a morte do verdadeiro Stanislas, mas não lhe falei do assassinato do tio Anatole nem do punhal com o motivo representando a serpente.

Pelas seis horas, o telefone resolveu tocar.

Antoine ouviu em silêncio o que lhe diziam. Pediu o número do meu celular, que comunicou a seu interlocutor, depois desligou.

"Agora é com você", disse. "Você vai carregar as sacolas no seu calhambeque e irá ao 19º *arrondissement*, na esquina da rua de Flandre com a rua de l'Ourcq. Lá, vai esperar que lhe telefonem. Foi por isso que dei o número do seu celular. O telefone não deve estar ocupado; se Miss Mundo ligar, mande-a pastar."

Pensei que o destino me enviava ao prédio onde vi Lazare Cornélius pela última vez, mas guardei esse pensamento para mim. Peguei no salão as duas sacolas, que pesavam toneladas, e arrastei-as até a porta. Em nenhum momento ele propôs me ajudar. Talvez um hábito de gente que subiu na vida.

"Nada de bancar o espertinho", ele me aconselhou, "essa gente não parece estar brincando."

Pareceu hesitar, foi até sua sala e voltou com uma automática, que me entregou.

"Ficarei mais tranqüilo se você tiver uma arma", disse. "É melhor que não precise usá-la, mas é mais prudente."

Era uma Manurhin 7,65 de seis tiros, um modelo usado no Serviço de Espionagem do Território. Depois de ter verificado o carregador, prendi a arma na cintura, peguei as duas sacolas e saí.

"Não se preocupe", respondi, "vai dar tudo certo."

Eu não estava convencido — para ele me dar um revólver, é porque tinha dúvidas sobre minha segurança —, mas preferi não mostrar minha inquietação.

Foi uma verdadeira expedição descer aquela fortuna. Eu não entendia por que um prédio tão chique não se decidia a instalar um elevador.

Ao passar diante da porta do psicanalista, parei para tomar fôlego.

Cem milhões!

Dinheiro para passar uma eternidade no divã daquele sujeito.

29

O bulevar de la Chapelle parecia um gigantesco estacionamento. Colados uns nos outros, à minha frente os carros formavam uma espécie de serpente metálica ondulante a perder de vista. Nada se mexia. Nesse ritmo, eu estava longe de chegar à rua de l'Ourcq. Além disso, a canícula tinha transformado o Renault 5 numa sauna e eu transpirava de pingar.

Os cem milhões estavam no assento traseiro. Bem que eu teria me evaporado junto com eles, mas Antoine me alertara: "Esses caras não estão brincando". Ele estava certo, não valia a pena bancar o engraçadinho.

E, além disso, havia Lust e seu brinco de serpente. E se Chapireau tivesse se enganado? Se a jóia encontrada nas ruínas da gráfica fosse de Lust? Segundo Bruce Wagner, duas pessoas saíram de lá, uma puxando a outra. Lust puxando Nathan? Ele teria incendiado a gráfica com a ajuda dela? Nesse caso, ela teria gozado de mim do início ao fim. Hipótese pouco gratificante, mas a ser verificada. O que era uma razão a mais para ficar preso no engarrafamento a caminho da praça Stalingrad.

Caíra a noite quando consegui chegar.

De lá bifurquei, não sem dificuldade, para a rua de Tanger. Levei mais de uma hora para chegar à rua de l'Ourcq, razoavelmente engarrafada. Estacionei diante do prédio onde Cornélius foi assassinado.

E esperei.

Já passava das onze e meia.

***

Vinte minutos depois o celular tocou.
"Senhor Marlaud?", disse uma voz.
"Em carne e osso."
Fez-se um silêncio durante o qual tive a impressão de ouvir um fundo musical, num ritmo claro e preciso. Finalmente, a voz disse:
"Vá até a rua de l'Aisne, e no final dela, logo antes do Quai de l'Oise, verá à direita um prédio recuado. Espere ali, com o dinheiro, até que venham abrir a porta."
E desligou.
Liguei o carro e fui rodando o mais lentamente possível. A rua de l'Ourcq desfilava como num filme em câmara lenta. Nessa velocidade, eu não chegaria tão cedo, mas queria ganhar tempo, refletir sobre o que faria ao me encontrar lá.
Na verdade, as possibilidades eram muito reduzidas.
Fariam-me entrar, me revistariam — necessariamente, encontrariam o Manurhin —, verificariam o conteúdo das sacolas; em seguida, ou me entregariam o reconhecimento de dívida e me mandariam passear, ou decidiriam que não me deixariam partir, e então tudo poderia acontecer.
Cinqüenta por cento de chances de eu me safar.
Antoine me encaminhava para o matadouro — deveria ter ido ele mesmo, mas era eu que o substituía. Melhor seria dar meia-volta enquanto ainda era tempo, mas em vez disso continuei avançando mecanicamente, com o fatalismo de um condenado que sobe ao cadafalso.
A rua de l'Aisne estava escura e silenciosa quando a tomei. O carro andava devagar, e o trajeto não acabava. Quando enfim cheguei ao prédio indicado, passara-se uma eternidade. Desliguei o motor e peguei as sacolas no assento de trás. Estavam fechadas com um cadeado. Não que isso fosse atrapalhar os caras. Um detalhe, porém, chamou minha atenção. Uma das sacolas tinha um bolso externo munido de um zíper,

suficientemente grande para acolher todo tipo de objetos úteis em uma viagem: uma nécessaire, revistas, agendas etc.

Suficientemente grande também para guardar uma 7,65.

O que eu tinha a perder? Os caras me revistariam, mas quem sabe não pensariam nesse bolso? E isso deixaria a arma à minha disposição. Sem mais pensar, enfiei ali dentro a Manurhin, então saí do carro com as sacolas e esperei diante do prédio, como tinham me dito.

Na porta, estava escrito "GB".

Grã-Bretanha, talvez?

Eu tinha uma amiga que costumava ir a coquetéis muito chiques — com concerto de cornamusa — organizados pela embaixada da Inglaterra. Podia ser ali.

A porta se abriu, a música surda e sincopada chegou a mim, a mesma que eu tinha ouvido pelo celular. Nada a ver com a cornamusa e compreendi que GB não significava Grã-Bretanha.

Era Goungoune Bar.

Quanto ao cara que tinha aberto a porta, não parecia um diplomata na ativa. Era grande, magro, com um rosto emaciado, o crânio raspado, a boca sem expressão, óculos escuros e vestido de preto, como se estivesse de luto de si mesmo. Na cintura via-se a coronha preta de um Walther P38. Essa arma, e também o jeito mal-encarado, lhe davam um jeito de jovem caquético paranóico em convalescença.

Ele me fez um sinal para que eu o seguisse. Pegamos um corredor estreito. Luzes instaladas no chão projetavam nas paredes sombras estranhas, a música que chegava até nós em ondas ensurdecedoras contribuía para tornar sufocante o ambiente. O cara parecia perfeitamente à vontade ali dentro, ao passo que eu ia me arrastando atrás dele, puxando as sacolas.

Fomos parar numa sala no sentido do comprimento, onde se apertava uma multidão. Os alto-falantes martelavam a música a pleno volume, e uma fumaça espessa deixava o ar irrespirável. Fiquei chocado com o aspecto extravagante do local. As paredes eram cobertas de azulejos brancos que poderiam ter vindo de uma estação de metrô. O teto, de cor escura, formava uma abóboda sobre a qual manchas brilhantes sugeriam a Via Láctea ou algo do gênero. Numa das extremidades, no meio de um palco iluminado por luzes embaçadas, um cantor de rap, de torso nu, boné de beisebol, jogging, argola nas narinas e anéis nos dedos, rebolava triturando na boca um microfone com o qual parecia fazer coisas obscenas.

"É Proximus Desaster", disse meu guia, como se isso me interessasse.

Ao lado do palco havia um bar. Encostei-me num banquinho, deixando as duas sacolas a meus pés, vigiadas por meu guia. Um barman encheu um copo de cubos de gelo, sobre os quais pingou uma gota de uísque.

"Oferta da casa", resmungou.

Tendo em vista a qualidade da mistura, isso não iria arruiná-la.

Agradeci ao barman e esperamos.

O volume da música parecia aumentar a cada instante. Era dança por todo lado. Dois caras rolavam no chão, como se sofrendo uma crise de epilepsia, outros pulavam sem sair do lugar, fazendo poses sugestivas. O ecstasy não era estranho a essa vitalidade. Tentei ver se Stanislas estava lá, mas naquela multidão eu não teria reconhecido nem mesmo a tia Mathilde. Um cara enrolado numa capa escura gesticulava para uma moça de rosto pálido. Ela estava nua em pêlo, nos seus seios havia tatuagens de caveiras com um ricto sarcástico. O sexo, a piração e a morte tinham marcado encontro ali. E eu, arrastando meus cem milhões.

No palco, Proximus Desaster cantava:

Nath morreu, meu irmão
Para descanso dele, diz uma prece

Sua queda é infernal
Arrastado pelas forças do mal
Ele assinou contrato
Com um celerado
Morreu como um demônio
Esta é sua punição
Medita nessa lição, irmão
E diz uma prece
Para esse impostor
Que chamavam de o Manipulador

Essa letra me surpreendeu. De quem se tratava? Nath... Nathan Josufus, o Manipulador? Pelo meu relógio era meia-noite em ponto e estavámos passando de 30 de abril para 1º de maio. Dia 30 de abril: segundo Stanislas, Nathan não sobreveviveria a esse dia. A morte de Nathan e o contrato assinado com um celerado... Um celerado chamado Bélial?

E este, em vez de exigir o que lhe era devido, se contentava agora com cem milhões... Uma miséria. Devia haver uma explicação para essa mudança, e o que se seguiria talvez me fornecesse uma explicação.

Nesse momento o barman murmurou umas palavras ao ouvido do meu guia.

"Venha!", ele ordenou.

Peguei as duas sacolas e o segui.

No palco, Proximus Desaster batalhava com um rap cuja letra me parecia completamente absconsa.

Na noite de Walpurgis
Cheia de delícias
Demônios e íncubos
Bruxas e súcubos
Saindo do Blocksberg
Vão corromper a terra inteira.

Eu ignorava o que eram o Blocksberg e a noite de Walpurgis, mas não fiquei perdendo tempo com essas questões. Meu acompanhante me mostrou uma portinhola atrás do palco, abriu-a e fomos parar num quartinho onde havia uma mesa e uma clarabóia no alto de uma parede.

Alguém entrou atrás de nós e fechou a porta.

"Bem-vindo ao Goungoune Bar, senhor Marlaud", disse num tom levemente irônico.

A voz não me era desconhecida. Virei-me e me vi diante de Caronte. Ele segurava na mão esquerda uma navalha absolutamente idêntica àquela que matara meu tio Anatole e Lazare Cornélius.

E compreendi que estava falando com Stéphane Robin.

30

Stéphane Robin, aliás Caronte, o fiel motorista dos Josufus, prestes a surrupiar cem milhões de seu patrão.

Seu rosto estava pálido — mas isso não tinha nada a ver com a má aparência que predominava naquele local —, e sua pose tinha algo de rígido, como se todo o seu lado direito estivesse paralisado desde o ombro. Ele não escapara ileso do tiro que eu lhe dera.

"O que aconteceu?", perguntei. "Você não parece estar nos seus melhores dias."

Ele fingiu que não ouviu.

"Reviste esse cara", disse ao meu guia.

Este sacou seu Walther P38, enfiou a arma nas minhas costelas e mandou que eu me encostasse na parede, com as pernas afastadas. Em posição instável, como ele deve ter visto nos seriados da tevê.

"Ele não está armado", disse.

"As sacolas", ordenou Stéphane Robin, "abra-as."

Dois tiros bastaram.

E aí tudo começou a desandar.

O guia soltou uma saraivada de palavrões. Eu me virei e fiz o mesmo.

O conteúdo das sacolas tinha se espalhado no chão. No lugar de dinheiro vivo, pedrarias e lingotes de ouro, havia jornais, ferro-velho e bilhas de chumbo.

"Filho-da-puta!", berrou o guia. "Você achou que ia nos foder?"

Antes que eu tivesse tempo de dizer alguma coisa, ele me tascou o mais magistral tabefe de minha carreira de detetive particular. Nunca imaginei que um cara tão mirrado conseguisse ter tamanha força. Sob a violência do golpe, meu lábio estourou, desabei entre os jornais, as bilhas e os pedaços de ferro-velho.

"Não tenho nada a ver com isso", reclamei, "juro..."

Mas uma chuva de pontapés caiu sobre mim. Tentei proteger o rosto. Um soco no estômago quase me fez vomitar, outro nas costelas me causou uma dor intolerável. No entanto, não cedi ao pânico: consegui pegar a perna de meu adversário e lhe dar uma brusca torção. Surpreso, ele rodopiou e foi parar contra uma parede, largou o Walther e pulou sobre o ombro ferido de Stéphane Robin, que deu um grito de dor. Louco de raiva, o guia se jogou para cima de mim. Se ele gostava de briga, ia ser um prato cheio. Eu tinha me levantado e esperava por ele, de pé, firme sobre minhas pernas, os joelhos bem flexionados, protegido na altura do rosto. Ele tascou um soco, esquivei e repliquei com outro de direita, no fígado, e ele se dobrou em dois, e lhe enfiei de repente o joelho no meio da cara. Seu nariz explodiu e espirrou sangue ao seu redor; então, liquidei-o de vez com um *uppercut* no queixo, ele cuspiu os dentes e foi parar em cima da mesa, que se quebrou numa barulheira. No mesmo instante, ouvi um assobio rápido e agudo. O mesmo da casa de Lazare Cornélius. Só que Stéphane Robin era menos hábil com a mão esquerda. A navalha passou a meio centímetro do meu rosto e foi se cravar na parede atrás de mim. Na hora, fiquei petrificado. Meu guia aproveitou para recuperar seu revólver, e o apontou na minha direção. Num segundo calculei o perigo, porém era tarde demais para impedir que ele se servisse da arma. Mergulhei a mão no bolso externo da sacola. Ouvi uma detonação, senti uma queimadura na mão esquerda, mas nem liguei. Só contava alcançar a Manurhin no bolso da sacola. Consegui pegá-la e atirei no meu adversário sem lhe dar tempo de abrir fogo de novo.

A bala o atingiu bem no meio do peito. Ele desabou no chão e não se mexeu mais. Stéphane Robin olhou para mim, aterrorizado. Era estranho ver aquele colosso tremer na minha frente. Aproximei-me e bati diversas vezes em seu ombro direito com a coronha da arma.

Ele desabou a meus pés, sem um grito.

Olhei ao redor: um verdadeiro campo de batalha. O sangue tinha espirrado nas paredes e no chão, nada sobrara da mesa, as bilhas de metal e os pedaços de ferro-velho contidos nas sacolas estavam todos espalhados. Eu não estava em melhor situação: meu segundo terno Smalto parecia um trapo — ainda bem que restava o terno Cerruti —; meu lábio superior queimava e da minha mão esquerda pingava sangue, mas o ferimento parecia superficial. Fiz um curativo com a gravata, depois fui examinar os dois homens caídos no chão.

O guia não respirava mais, e seus bolsos estavam vazios. Mas no bolso de Stéphane Robin encontrei uma carteira recheada de notas de quinhentos francos — para um motorista, ele ganhava bem —, embora nenhum reconhecimento de dívida, o que só me surpreendeu medianamente.

Eu não tinha mais nada a fazer ali, então esvaziei a carteira de Stéphane Robin e saí do quartinho. No salão do Goungoune, encontrei calor, música, decibéis e fumaça. A moça das caveiras nos seios agora dançava com um sujeito tão nu quanto ela. No ventre do cara, havia a tatuagem de uma guilhotina que ameaçava diretamente sua virilidade. E, no palco, Proximus Desaster continuava a berrar falando do Blocksberg e de Walpurgis.

Como ninguém parecia ter ouvido os tiros, saí do Goungoune sem problema.

Lá fora, apesar do calor e da poluição, tive a sensação de encontrar ar puro.

Instalei-me ao volante do Renault 5 e liguei o carro.

Era uma e pouco da manhã, as ruas estavam desertas. Pisei fundo no acelerador, virei à direita no Quai de l'Oise, acelerei mais, passei todos os sinais vermelhos. Estava com pressa.

Tinha um tremendo acerto de contas a fazer com Antoine Valdès.

Enquanto eu subia a cento e vinte por hora o bulevar de la Chapelle, o rádio anunciava a morte de Nathan Josufus, ocorrida na véspera, à meia-noite em ponto. Normalmente, meu trabalho estaria terminado, eu não havia encontrado o documento no prazo estabelecido. Mas não tinha dito a última palavra e, ao menos desta vez, talvez a única na vida, eu sentia que ainda podia ganhar o jogo.

Cinco minutos depois, estacionei defronte do prédio de Antoine, subi de quatro em quatro os degraus até seu apartamento, saquei a Manurhin e toquei a campainha como um condenado.

Foi ele quem abriu.

"Que bicho te mordeu?", ele gritou. "Você está maluco!"

"É possível, mas precisamos conversar."

Colei o automático debaixo do seu nariz, e ele ficou lívido.

"É que...", balbuciou, "estou com uma cliente."

"A essa hora? Gostaria de ver quem é."

Empurrei-o contra a porta do escritório, que se abriu fazendo uma barulheira.

De fato, havia uma cliente.

Era Lust, o que não me surpreendeu.

Usava um chapéu preto com um veuzinho da mesma cor e um vestido também preto. O kit da viúva desconsolada, o que não a impedia de estar terrivelmente sedutora.

"Está tudo bem", eu lhe disse, "Valdès e eu somos velhos amigos. É ótimo que você esteja aqui, temos muitas coisas a nos dizer." E acrescentei: "Onde está o reconhecimento de dívida?".

Arranquei a bolsa de suas mãos, espalhando o conteúdo em cima da mesa. Entre os diversos objetos havia um envelope de papel pardo. Eu ia abrir quando Antoine tentou me impedir. Tasquei-lhe um soco na cara e ele rolou no chão.

"E você não se mexa", disse, ameaçando-o com a Manurhin, "senão vai ser pior."

Ele calou o bico, apoiou-se numa parede e limpou com o lenço o sangue que manchava seu rosto.

Como eu esperava, o envelope continha o reconhecimento de dívida. O original. Umas vinte páginas, todas rubricadas por Nathan e Bélial. Na última página figuravam suas assinaturas, mais as de Frantz Kasper e Ernst Hanswurst, representantes da Pickelhäring & Co. Ali também se viam as letras POD.

Lust olhou para mim, calada.

"Você se pergunta como adivinhei?", eu disse. "A polícia recuperou o seu brinco nas ruínas da gráfica. Completamente deformado, é verdade. Pensava-se que era o alfinete de gravata de Nathan, mas quando vi o seu brinco entendi tudo. Na verdade, você não mentiu para mim, estava mesmo com Nathan naquela noite, só que esqueceu de esclarecer que era na gráfica. Assim que ele encontrou o reconhecimento de dívida, Nathan quis atear fogo no lugar. Talvez para levar Bélial a crer que o documento tinha desaparecido no incêndio. Mas ele se queimou gravemente. Você aproveitou para roubar o documento e fazê-lo crer que tinha sido destruído nas chamas. Depois deve ter tentado entrar em contato com Bélial para negociar o documento. Verdade ou mentira?"

Ela não respondeu.

Agarrei-a pelo pulso e o torci violentamente; a dor lhe arrancou um grito.

"Escute aqui", eu lhe disse, "não tenho tempo a perder, ou você coopera ou quebro o seu braço." Torci um pouco mais seu punho e lágrimas jorraram de seus olhos. "Verdade ou mentira?"

"Mentira", ela respondeu, "não tentei contactar Bélial. Era impossível, ele estava morto... Foi Nathan quem o matou."

Achei que tinha entendido mal, e repeti, incrédulo:

"Nathan matou Bélial?"

31

"Foi um acidente", ela disse.

"Um acidente?"

"É, não creio que Nathan tivesse premeditado esse crime, mas o fato é que o matou. Ninguém jamais soube de nada, nem mesmo o dedicado Cornélius. Bélial tinha passado na Volksbuch para ver Nathan. Eu estava no meu escritório, bem ao lado, e ouvi tudo. Toda visita de Bélial azedava. Mas daquela vez os ânimos se exaltaram bem depressa. Nathan estava fora de si, exigia que Bélial lhe entregasse o reconhecimento de dívida. Mas Bélial não se deixava impressionar, de jeito nenhum. Nathan assinara o documento, portanto, em vez de tentar brigar com ele, o melhor seria aproveitar as últimas semanas que lhe restavam. Eu não entendia nada daquilo. Nathan se irritava cada vez mais. De repente, ouviu-se um tiro. Saí correndo para a sala dele, e Bélial jazia no chão, o rosto dilacerado. Havia sangue e nacos de carne por todo lado, foi horrível. Nathan olhava para o cadáver, aparvalhado. 'Eu não queria isso', ele repetia soluçando. Mas o fato é que estava com um revólver na mão. Se a polícia chegasse, ele estava ferrado. Quando me viu, suplicou que eu o ajudasse, pois precisava — dizia — encontrar um documento, de qualquer maneira, e imaginei que fosse o famoso reconhecimento de dívida. Revistamos Bélial e nada achamos, a não ser uma folha na qual estava escrita uma curiosa fórmula. E pelo visto Nathan sabia o que era, pois guardou o papel; depois enrolamos Bélial numa cortina e o escondemos dentro de um armário. Não podíamos tirá-lo dali antes que os funcionários da empresa fossem para casa, era arriscado demais. Enquanto isso, fui buscar detergente para limpar tudo. Nathan estava arrasado, eu tinha assumido o comando das operações e, *de facto*, me tornava sua cúmplice."

Ela pronunciou essa palavra com um leve tremor, como se a expressão marcasse uma fase em sua vida. Achei que sentia uma espécie de alívio ao contar essa história.

"Quando todo mundo foi embora, resolvemos transportar Bélial até o estacionamento. Foi preciso pegar a escada de serviço por causa dos vigias. Enquanto descíamos, nós os ouvíamos andar pelos corredores. Eu estava morrendo de angústia com a perspectiva de que eles nos descobrissem. Nathan também não parecia muito bem. Finalmente conseguimos chegar ao estacionamento, escondemos Bélial na mala de um Mercedes e saímos da Volksbuch sem problema. Nathan repetia que, com um pouco de sorte, tudo estaria resolvido naquela noite mesmo, para logo depois dizer que nada disso adiantaria, pois eles eram os mais fortes."

"Eles quem?"

"Não consegui saber. Ele estava num estado de extrema agitação. Resolvemos comer numa lanchonete, esperando que a noite caísse. Isso o acalmou um pouco. Em seguida compramos os galões de gasolina num posto e fomos para a rua de l'Evangile. Eram onze horas, a rua estava deserta, fazia um frio glacial; estávamos em pleno mês de janeiro e as pessoas ficavam em casa vendo tevê. Transportamos Bélial para dentro da gráfica, para uma espécie de quartinho, e então fomos até a sala dele. Nathan abriu um cofre graças à fórmula encontrada com Bélial. Dentro, havia um envelope pardo espesso. Nathan deu um imenso suspiro de alívio ao descobrir o que continha e me disse: 'Ainda posso ganhar'. Pegamos os galões de gasolina no carro e começamos por Bélial. Nathan fazia questão de que não subsistisse nenhum vestígio dele. É incrivelmente lento queimar um homem. Tínhamos de jogar gasolina em cima dele o tempo todo, para que o fogo não se extinguisse. Seu corpo se torcia e se desagregava sob as chamas. Por fim, não restou nada além de um punhado de cinzas, que impossibilitavam qualquer identificação."

Pensei em Chapireau dizendo que Bélial tinha fugido para o estrangeiro. Nathan o tapeara direitinho.

"Depois", Lust continuou, "atacamos a gráfica. Nathan queria que todo o prédio queimasse, mas derramou gasolina demais, e o fogo pegou com uma violência que o surpreendeu; ele foi envolto pelas chamas e tive a maior dificuldade para tirá-lo dali. Estava com queimaduras gravíssimas, e praticamente o carreguei até o carro. O resto você conhece: peguei o reconhecimento de dívida, pois Nathan estava bem ruim para perceber alguma coisa. Dois dias depois, ele voou para Boston num avião particular. Era melhor ser tratado lá. Ao voltar, me pediu o documento, e respondi que tinha queimado na gráfica; não sei se ele acreditou, porque, nesse exato momento, Nathan teve um ataque e foi levado com urgência para a clínica da rua du Boccador."

"E aí você tentou negociar o reconhecimento de dívida", eu disse. "Como Stanislas ignorava a morte de Bélial, você primeiro o fez acreditar que ele ia exigir a herança, e, depois, que se contentaria com cem milhões. Era arriscado, pois Bélial podia ficar com tudo, mas você não tinha escolha. E foi o que me deixou com a pulga atrás da orelha."

Ela não respondeu, e interpretei esse silêncio como uma confissão. Lágrimas corriam suavemente por suas faces.

"E Stéphane Robin, aliás Caronte?", perguntei. "Qual o papel dele nessa história?"

"Era o faz-tudo de Nathan e de Bélial. Eles o chamavam de Caronte, como o barqueiro do Inferno. Alguns dias depois do incêndio ele veio me ver dizendo que naquela noite estava na gráfica e tinha visto tudo. Ameaçava avisar a polícia se não fôssemos generosos com ele. Nathan estava hospitalizado, me senti desamparada diante desse cara. Então o coloquei do meu lado, dizendo que eu preparava um grande golpe e que dividiria a grana com ele se me ajudasse. Convenci Stanislas a contratá-lo como motorista. E assim ele se tornou o seu motorista, o que para mim foi muito útil."

Tive a vaga impressão de que ela não o conquistara apenas mediante a promessa de dinheiro.

"Você me tapeou direitinho", eu disse, "nada do que eu fazia lhe escapava. Você deve ter rido à beça ao me ver procurar Bélial."

Ela baixou a cabeça sem responder.

"Essa sociedade não a impediu de se entender também com Valdès", recomecei. "Os cem milhões de araque que levei para o Goungoune, foi idéia sua?"

"Foi de Valdès!", ela gritou. "Ele queria se livrar de você. Quanto a mim, estava nas mãos dele, pois foi a ele que Stanislas entregou o dinheiro. Propôs-me a metade, em troca do documento, senão contaria tudo para Stanislas."

"Como ele soube que o documento estava com você?"

"Você não foi, afinal, o único a ter entendido tudo!", disse Antoine. "Chapireau também me mostrou a jóia com a serpente. Uma noite, encontrei Lust num coquetel. Ela estava com Stanislas. Quando vi seu brinco, pensei que talvez tivesse participado do incêndio na gráfica. Já que ninguém conseguia encontrar Bélial, a única pessoa que podia estar com o reconhecimento de dívida era ela. Fui tateando e não me enganei. Ela logo aceitou se associar a mim. Stéphane Robin a incomodava, não era um cara confiável."

Ao passo que eles eram confiáveis... Bastava vê-los juntos para dar-lhes a comunhão sem confissão.

"Quanto aos cem milhões de araque, ela está mentindo", disse Antoine. "A idéia foi dela. Lust tinha certeza de que as coisas iam azedar quando Stéphane Robin descobrisse que o havíamos tapeado, e que você acertaria as contas com ele; por isso é que ela quis que você estivesse armado."

Agora já era demais; peguei Antoine pela lapela e lhe dei uns bons sopapos.

"Não me venha com invencionices! Vocês dois esperavam que Stéphane Robin e eu nos matássemos. Assim matariam dois coelhos com uma só cajadada."

Segurei-me para não esvaziar a Manurhin no meio da cara dele.

Lust entendeu meu estado de espírito.

"Os cem milhões estão no cofre", disse, "mande-o abrir. Entregamos o reconhecimento de dívida a Stanislas e dividimos o dinheiro. Assim está bom?"

Nesse instante ouvi alguém atrás de mim dizer:

"Não é uma boa idéia, senhor Marlaud, eu, no seu lugar, não aceitaria."

32

Virei-me e fiquei frente a frente com Stanislas. Dois sujeitos que mais pareciam uns gorilas o acompanhavam e nos encaravam armados de metralhadoras na mão.

"A porta estava aberta", disse Stanislas, "achei inútil tocar a campainha."

Um silêncio de morte se instalou.

Ele se aproximou de Lust e murmurou algumas palavras em seu ouvido. Isso me lembrou a cena da clínica, em que passara o braço em seu pescoço.

Depois Stanislas se virou para mim.

"Parabéns pela maneira como descobriu a verdade, senhor Marlaud. Mas não deve aceitar a proposta dessa mulher, em quem não se pode confiar. Sabe que ela foi minha amante? Meu pai ainda não tinha morrido e ela estava em meus braços. Se não lhe disse nada, foi porque, sobre certas coisas, é de uma discrição notável. Por exemplo, na noite em que o senhor a esperava no La Table d'Anvers, ela dormia comigo. Achou muita graça em lhe dar o bolo."

Fiquei chocado com seu jeito de dizer isso, sem maldade, quase que com lassidão.

"Ela também escondeu de nós que estava com o reconhecimento de dívida", continuou. "Se meu pai soubesse, teria morrido em paz. Nem mesmo para mim ela disse alguma coisa. Além disso, tentou me extorquir cem milhões, com a cumplicidade de Stéphane Robin, de quem também foi amante. Flagrei-os juntos, e não parecia propriamente que ela estivesse falando com um motorista. Quanto a esse imbecil", acrescentou apontando para Antoine, "não me espanta que ela tenha conseguido ludibriá-lo também. Que se há de fazer? É a natureza dela, assim que encontra um homem pula em cima dele e depois tenta tapeá-lo."

Foi a primeira vez que ouvi Antoine ser chamado de imbecil. Isso me surpreendeu mais ainda porque ele não reagiu. Baixou a cabeça com tamanho ar de humildade que era de jurar que concordava com o tratamento.

Stanislas pegou o reconhecimento de dívida que estava em cima da mesa, deu uma olhada rápida e o guardou no bolso, com um sorriso satisfeito.

"Foi graças ao senhor que o encontrei", me disse, "com um ligeiro atraso, é verdade, mas paciência. Não serei ingrato, o senhor vai ver. Ao passo que esses dois aprenderão quanto custa zombar de mim. Stéphane Robin já se deu conta."

"O que aconteceu com ele?"

"Nunca mais ele lançará navalhas. Mas não sentirá saudades, assim como meu pai não sentirá da Volksbuch."

"Você está louco!", Lust gritou de repente. "Você sabe muito bem que Nathan não é seu pai. Você não herdará nada!"

Com que então, ela sabia! Eu tinha desconfiado, quando ela se mostrou indignada porque Stanislas poderia perder sua herança. Aquilo cheirava demais a encenação. Estava curioso para ver como Stanislas reagiria.

Como única resposta, ele começou a rir e olhou para o relógio.

"Não podemos ficar aqui mais tempo. É claro que o senhor vem conosco, senhor Marlaud, mas primeiro terá de entregar sua arma aos meus homens."

Um dos gorilas se aproximou de mim, dei-lhe a Manurhin, sem criar caso. A um sinal de Stanislas, ele apontou para Lust e esvaziou o carregador.

Eu estava longe de imaginar isso. Não sei o que mais me chocou: se o barulho dos tiros ou a expressão de estupor no olhar de Lust. Tal como um manequin ensangüentado, ela caiu de costas sobre a escrivaninha.

Antoine parecia aterrorizado. Encolheu-se todo e começou a chorar.

"Vocês estão completamente malucos!", gritei.

"Reconheço que é desagradável", disse Stanislas, "mas infelizmente não temos opção."

Virou-se para o outro gorila.

"Vá pegar o dinheiro."

O gorila agarrou Antoine pela gola do paletó e o arrastou para o salão onde estava o cofre. Pouco depois, voltaram com duas sacolas rigorosamente idênticas às que eu tinha levado para o Goungoune Bar, com a diferença de que deviam conter as verdadeiras notas bancárias e os verdadeiros lingotes de ouro.

"Agora vamos", disse Stanislas.

"Para onde?", perguntei.

"O senhor vai ver. Mas não se preocupe, provarei minha gratidão além do que imagina."

Saímos do apartamento, Stanislas na frente, Antoine atrás de mim e os dois gorilas fechando o desfile.

Fui o único a dar uma olhada em Lust, quando saí. Ela estava inerte, com a cabeça encostada na mesa. A morte imprimira às suas feições um estranho ricto, mas seu olhar continuava com a mesma expressão de estupor.

Diante do prédio uma limusine preta nos esperava. Achei-a duas vezes maior que aquela que Caronte dirigia. O motorista abriu a porta para nós e depois se instalou ao volante. A parte traseira do veículo estava decorada como um salão, atapetada de veludo escuro, com poltronas de couro preto em torno de uma mesa de vidro fumê. Com o ar-condicionado no máximo, estávamos a meio caminho do carro fúnebre e da câmera frigorífica. E o *Réquiem* de Mozart tocando em surdina pelos alto-falantes invisíveis acrescentava uma nota requintada e lúgubre.

Um dos gorilas de Stanislas entrou no BMW de Valdès, estacionado na frente do prédio, ligou o carro e saiu. A razão dessa operação me escapou. Ao entrar na limusine, vi um cara afundado num dos assentos traseiros. Na frente dele, sobre a mesa de vidro fumê, havia duas garrafas de uísque, uma quase vazia. Primeiro pensei que fosse um coveiro, mas depois, para minha grande surpresa, reconheci Félix Sarzoski.

"O que você está fazendo aqui?", perguntei.

Ele não me ouviu. Aliás, não estava em condições de ouvir ninguém. As garrafas de uísque explicavam amplamente sua surdez.

"Ele descobriu o que aconteceu com Stanislas-Euphorion", disse Stanislas, "e quis negociar comigo. Errou. Mas, como era seu amigo, não fizemos nada de mal com ele. Aliás, entendeu que essa descoberta não tinha o menor interesse. Agora o destino dele está nas suas mãos."

"Nas minhas mãos?"

"O senhor vai entender. Espere até chegarmos."

E a limusine arrancou na noite. Vigiado pelo segundo gorila, Antoine olhava fixo para o carpete. Eu custava a reconhecer o brilhante advogado admirado por toda a Ordem.

Por algum tempo andamos num silêncio discretamente realçado pelo *Réquiem*. A limusine subiu o bulevar Rochechouart, em direção à praça Clichy, e então pegou o bulevar des Batignolles rumo à Porta d'Asnières. Ali entrou na Nacional 309 e entendi enfim aonde íamos.

"Vamos ao cemitério de Jolival", disse Stanislas. "Cornélius lhe falou dele, não falou? Queria lhe provar que eu não era o herdeiro de Nathan. Que estupidez! Mesmo se o verdadeiro Stanislas-Euphorion estivesse vivo, isso não mudaria nada. Na verdade, a Volksbuch virá para mim."

"A título de quê?"

Ele começou a rir e repetiu:

"Espere até chegarmos."

Então deu esse sorriso meio condescendente que se dá diante das pessoas para quem é preciso explicar tudo, pegou uma das garrafas de uísque, bebeu direto no gargalo e me passou. Também bebi, depois a ofereci a Félix, que, diante da oferta, pareceu acordar. Deu uma boa talagada e passou a garrafa ao gorila, que não se fez de rogado. Ninguém a ofereceu a Antoine, e no resto do trajeto a garrafa ficou circulando entre nós, tendo ao fundo o *Réquiem*.

A limusine percorria o que me pareceu ser a avenida de Stalingrad. Naquela velocidade, não íamos demorar.

Minutos mais tarde, ela parou diante do cemitério. O motorista abriu nossa porta. Ao sair do carro, tive a impressão de entrar num forno. Stanislas não parecia nem um pouco incomodado com o calor, e deu uma risadinha ao me ver enxugar a testa encharcada de suor. Félix saiu do carro, titubeando, seguido pelo gorila que arrastava Antoine. O BMW dele já estava lá, estacionado um pouco mais longe, na calçada do cemitério, bem defronte de outra limusine preta, onde esperavam outros gorilas.

Quando viram Stanislas, saíram do carro e foram até ele. Nesse momento tive a impressão de que reinava um curioso ambiente naquela rua. Embora estivesse escura e quase deserta — só havia nosso grupo —, parecia habitada por uma numerosa multidão cujos rumores chegavam intermitentemente. Era como se as pessoas andassem ao meu lado, eu não as via mas as ouvia cochichar palavras incompreensíveis. Esses cochichos eram tão nítidos que eu não conseguia acreditar numa alucinação. Eram tão reais como o cheiro de bode que impregnava o ar. Para os lados do cemitério, eu via de vez em quando como que um clarão. Era algo muito fugaz, tão impalpável como o rumor na rua, mas que produzia o mesmo efeito de realidade. Quanto a Stanislas e seus gorilas, pareciam estar iluminados por uma luz preta. Suas camisas, seus dentes, o branco de seus olhos se destacavam na escuridão com um brilho fosforescente. Percebi que Stanislas usava um alfinete de gravata com uma serpente enrolada sobre si mesma. Espantei-me de não ter notado isso antes.

"Por aqui", disse Stanislas me mostrando o barraco diante do cemitério. "O senhor conhece essa casa, creio."

Como sabia disso? Mas não demorei a ter a resposta: diante da entrada do barraco havia um sujeito vestindo a farda azul-escura dos empregados municipais. Logo reconheci o guarda do cemitério.

"Ele também, o senhor já conhece", disse Stanislas. "É um excelente guarda, com ele os mortos estão tranqüilos."

O homem tirou o boné para me cumprimentar e achei-o ainda mais acabado que da última vez. Sempre com o boné na mão, se aproximou de Stanislas e trocaram umas palavras. Tinha o jeito respeitoso do mordomo se dirigindo ao patrão. Pensei que era assim que os Marlaud deviam se comportar com seus senhores. Foi como se me visse vários séculos antes.

E achei isso natural.

Seria o ambiente particular daquela noite? O que tinha acontecido no Goungoune Bar e depois no escritório de Valdès? Ou era o uísque do qual abusamos durante o trajeto? O fato é que mal me espantei com o que descobri: o rumor e os fogos-fátuos que vinham do cemitério, o guarda que conversava com Stanislas, a rua povoada de fantasmas, as limusines espalhafatosas, os guarda-costas com ares de gângster. Aquela noite era tão estranha que eu tinha a sensação de que nada mais podia me surpreender.

Virei-me para Stanislas.

"Quem você é exatamente?", perguntei.

Ele não hesitou:

"Aquele que vai mudar sua vida."

33

"Mudar minha vida? O que está dizendo?"

"A verdade, senhor Marlaud, mudar sua vida. No fundo, sou um caçador de cérebros. Um pouco especial, concordo. Mas, quando souber o que lhe proponho, o senhor não vai acreditar. Posso lhe oferecer um êxito ainda mais fantástico que o de Nathan."

Olhei para ele, sem compreender. Ao nosso redor, o tumulto ia crescendo, os eflúvios de bode às vezes deixavam o ar irrespirável, sombras se agitavam por todo lado, mas desapareciam assim que meu olhar se fixava nelas. A certa altura, achei que uma velha de cabelos desgrenhados e boca desdentada se aproximara de mim. Tive a impressão de ouvi-la murmurar palavras obscenas, depois ela desapareceu com uma imensa gargalhada. Ao mesmo tempo, os gorilas da outra limusine tinham se postado no meio da rua, fazendo gestos de guardas de trânsito. Esse espetáculo — as sombras que apareciam e desapareciam, as explosões de luz que vinham do cemitério, as palavras incompreensíveis de Stanislas, a barulheira que se amplificava a ponto de se tornar insuportável — teria feito qualquer um duvidar da própria sanidade mental. Em toda essa confusão, a única coisa que ainda parecia estar de pé era o barraco do outro lado da rua.

Com um gesto, Stanislas me convidou a segui-lo. Entramos, tendo ao nosso lado Félix, bêbado demais para se espantar com alguma coisa, e Antoine, carregado por um guarda-costas. Alguém acendeu a luz e encontrei a mesma desordem da última vez, garrafas de vinho, latas de conserva sobre a mesa, restos espalhados no chão e o saco de dormir dobrado contra a parede.

Os guarda-costas jogaram Antoine no chão, sem a menor delicadeza. Na queda, sua cabeça bateu na parede e começou a sangrar abundantemente, mas ele parecia não perceber e ficou prostrado no meio dos detritos e das guimbas.

"Aqui teremos tranqüilidade para conversar", disse Stanislas, "mas, se me permite, antes tenho de dar um telefonema. Não vou demorar."

Saiu. Às três e meia da manhã, para quem iria telefonar? Mas logo parei de indagar, pois ele voltou um minuto depois.

"Primeiro", disse, "o senhor deve saber que esta noite é muito importante para mim, é a noite de Walpurgis."

Lembrei-me do cara do rap no Goungoune Bar; ele cantava "a noite de Walpurgis cheia de delícias", ou algo do gênero.

"O que é a noite de Walpurgis?"

"A noite anterior à festa de Primeiro de Maio."

"A festa do trabalho?"

Ele caiu na risada.

"Nada a ver com os sindicatos que desfilam da praça de la République à Bastilha! Primeiro de Maio é o dia da festa de santa Walburge. Na noite que a precede, organiza-se um sabá no monte Blocksberg. São convidados os feiticeiros e feiticeiras do mundo inteiro. Quando não posso assistir, o rumor chega até mim, contanto que eu esteja perto de um cemitério. Já que é assim, prefiro vir a este aqui, onde descansa minha suposta mãe e cujo guarda é um amigo."

Pensei em Nathan e em Bélial, e na paixão deles pelo esoterismo. Talvez Stanislas fosse tão louco quanto os outros dois.

"Não seja cético, senhor Marlaud", ele disse, "o que está ouvindo neste momento é o nosso sabá, exatamente como se o senhor lá estivesse. É uma festa muito alegre e muito popular, que inspirou artistas como Mendelssohn, Goethe, Barlach ou Meyrink, sendo este último muito atraído pela magia negra.

Nathan também se interessava muito por ela. Aliás, foi durante as noites de Walpurgis que ele assinou os reconhecimentos de dívida."

"Vocês são o quê? Uma seita?"

Ele sorriu.

"A palavra é um pouco exagerada, digamos que eu trabalho para o diabo."

"Está zombando de mim?"

"Nathan teve a mesma reação. No entanto, é ao diabo que ele deve seu extraordinário êxito."

"Acha que vou engolir essa história?"

"Pouco importa, senhor Marlaud, que engula ou não. Se assinar este contrato, terá razão de sobra para se convencer disso."

Ele me entregou o reconhecimento de dívida que eu acabava de encontrar.

"Verifique, está em seu nome, nos devidos termos."

Espantado, olhei para o maço de folhas e não acreditei nos meus olhos. As rubricas de Bélial tinham dado lugar às de Stanislas. No final do documento, estava estipulado que, com a minha morte, todos os meus bens iriam para ele. Essa cláusula era seguida pela sigla POD e por sua assinatura, e ao lado do meu nome havia um lugar para a minha.

"É um documento falso!", exclamei. "O senhor o falsificou."

"De jeito nenhum, é perfeitamente autêntico, uma perícia confirmará. Note que está ratificado por Ernst Hanswurst, da Pickelhäring & Co., uma autoridade indiscutível na matéria."

De fato, ali estava o carimbo da Pickelhäring com a assinatura do advogado. Também estava estabelecido que o contrato era válido por vinte e quatro anos.

"Não se preocupe", disse Stanislas, "vinte e quatro anos é a duração de nossos reconhecimentos de dívida, que podem ser renovados por períodos idênticos. POD significa 'Para o diabo', é a cláusula habitual: em caso de não-renovação, sua alma irá para o diabo."

"Quer dizer que tenho de deixar minha alma para ele?"

"O que importa? Afinal, tem que se deixar a alma em algum lugar. Entre Deus e o diabo, ao contrário do que se pensa, as pessoas não fazem diferença. E até têm uma preferência pelo diabo, sabem que com ele ganharão. Nathan Josufus não teve do que se queixar."

"No entanto, quis recuperar o contrato."

Ele fez um gesto entediado. Nesse momento tive a impressão de ver um homem diferente daquele que tinha ido ao meu escritório. Decerto, continuava a ter esse jeito de filhinho de papai, meio pilantra, como a imprensa o descrevia, mas, apesar da juventude de suas feições, havia nele algo infinitamente velho.

"Era o medo que ele tinha do inferno, não havia a menor possibilidade de fazê-lo raciocinar."

"O que é bem compreensível, não é?"

"Não vá me dizer que também acredita nessas histórias? Se soubesse tudo o que se conta sobre o inferno! Que é a morada dos condenados, que ali todos expiam seus pecados em meio a sofrimentos terríveis, que ali todos ficam ardendo por toda a eternidade. Nathan vivia tão apavorado com essas bobagens que sua fortuna — uma das maiores do planeta — não bastava para consolá-lo. Apesar de todas as extorsões que cometeu, temia perder sua alma. Já imaginou? Aonde vamos, com raciocínios semelhantes? Contrariamente às aparências, sou muito idoso, senhor Marlaud. Bem mais do que imagina. Existo há tanto tempo que era de crer que conhecesse os homens, mas eles não param de me surpreender. São insaciáveis, o senhor nem tem idéia. Não se sabe mais o que inventar para satisfazê-los. Nathan não era uma exceção. A Volksbuch não era suficiente. De que mais ele precisava? De mulheres? Glória? Fortuna? Conhecimento? Esse famoso Conhecimento com C maiúsculo? Ele tinha tudo. A eternidade, então? Poderia tê-la conseguido, mas ela lhe metia medo, e ao mesmo tempo ele sentia uma angústia terrível de morrer.

"Criara seu próprio inferno, sem que o diabo tivesse nada a ver com isso."

"Então seria isso o inferno?"

Ele deu um sorriso meio enigmático:

"É bem possível. Em matéria de inferno, os homens ultrapassaram o diabo. O inferno é uma das mais belas invenções deles. Comparado a isso, o paraíso parece um primo pobre. Já imaginou? A beatitude, o êxtase, é tudo o que ali lhe é oferecido. O êxtase eterno! Pior que uma lobotomia. Como um ser humano digno desse nome poderia se contentar com isso? Pairar no firmamento, com a beatitude no canto dos lábios e uma auréola sobre a cabeça: ficaríamos parecendo o quê? O inferno é outra coisa, é algo que tem estilo, algo que introduz o desejo e, com ele, a guerra de todos contra todos. Realmente, só mesmo sendo um escritor frustrado para deplorá-lo. Creia-me, senhor Marlaud, os homens são feitos de curiosidade, de ciúme, de concupiscência, de ambições. Passam o tempo a se arrepender, mas no fundo adoram isso. Essa oscilação entre o melhor e o pior (podem até mesmo ser capazes dos mais belos amores), isso é o gênio particular de cada um, é o que torna a vida apaixonante, é o que faz dela uma tragédia que não se cansam de contar em romances esplêndidos, em poemas admiráveis, em peças sublimes — o senhor imagina Shakespeare escrevendo num mundo pacificado? —, filmes produzidos por Hollywood. Para viver, é preciso a fúria, o combate, o ódio, o dinheiro, o amor, o desejo, a desordem. Ofereci a Nathan aproveitar essa desordem magnífica, ser um ator essencial dela. Esse idiota se arrependeu e, com isso, fui posto de lado."

"Ele temia pela própria alma..."

"O que é que a alma de Nathan tem de tão extraordinário? É incrível uma vaidade dessas! Se essa putinha da Lust não tivesse roubado o reconhecimento de dívida, não estaríamos assim. Pode lhe parecer curioso, mas a burocracia continua a existir mesmo depois da morte. O senhor não pode fazer valer seus direitos sem um documento idôneo. No momento em que Nathan tivesse dado seu último suspiro, eu teria posto o contrato diante do nariz dele e ele estaria pronto para ir para o inferno. Mas agora, ele nos escapa. Se pelo menos o senhor tivesse encontrado esse contrato uma hora antes! Como detetive particular, o senhor foi um fracasso!"

Ele parecia de fato ressentido. Era a primeira vez que eu o via perder a calma.

"O senhor tinha que ter se dirigido a outra pessoa!", respondi, humilhado. "Pelo que ganhei nesse negócio! Não me sobra dinheiro nem mesmo para renovar meu estoque de Glenmorangie e viver decentemente alguns meses. Depois, terei de me colocar de novo à espera de clientes!"

Ele amoleceu.

"Não se zangue, senhor Marlaud, exaltei-me. Mas compreenda, preciso de alguém para substituir Nathan. E não tenho mais ninguém. Normalmente, o escolhido seria Bélial."

"Bélial?"

"Sim, depois de Nathan, era a vez dele. Ele esperava com impaciência. Nós o mantivemos em estado de velhice prolongada até a assinatura, um pouco como Nathan foi mantido em vida com aquela aparelhagem. Para tranqüilizá-lo, imaginamos esse reconhecimento de dívida que estipulava claramente que ele herdaria a Volksbuch. E eis que, no momento em que chegara a sua vez, Bélial desaparece. Pensei que tivesse evaporado junto com o documento, e foi por isso que contratei o senhor. Na verdade, ele foi espoliado e, para completar, como brinde, foi morto por Nathan. Não foi propriamente uma atitude esperta da parte dele. Mas, paciência, irá para o paraíso, sem nem sequer ter conhecido a riqueza e a glória. Para o senhor, contudo, é possível, basta assinar."

Nesse momento Félix saiu de seus vapores etílicos. Ao contrário do que eu pensava, não perdera uma vírgula da nossa conversa.

"Ele tem razão!", exclamou. "Assine, ande! É a chance da sua vida."

Lá fora a barulheira aumentava. Berros, vociferações, clamores indescritíveis, um turbilhão de pessoas diante da entrada do barraco.

"A noite de Walpurgis está no auge", disse Stanislas, "o Blocksberg está em festa. Seja sensato, escute o seu amigo, assine."

Entretanto, mal pronunciou essas palavras, os faróis dos carros de polícia iluminaram a escuridão. O tumulto que se seguiu não tinha mais nada a ver com um sabá de bruxas. Houve gritos aflitos, uma saraivada de ordens, barulho de gente correndo para todo lado.

De repente, o barraco foi invadido por policiais fardados, e Chapireau entrou.

Ao vê-lo, o rosto de Stanislas se iluminou.

"Bem-vindo, delegado", ele disse, "vejo que o senhor tomou providências depois de meu telefonema."

34

À tarde, Chapireau nos recebeu em sua sala.

"Todos os meus agradecimentos, senhor Josufus", ele disse. "Graças ao senhor, conseguimos prender Antoine Valdès." Depois, virando-se para mim: "E todas as minhas desculpas, Marlaud, eu estava convencido de que você era o assassino de Stéphane Robin e de seu acólito. Repare que eu tinha bons motivos para pensar assim, pois você já tinha tentado matá-lo com a Beretta, quando estava na casa de Lazare Cornélius". Fez um gesto com a mão, para indicar que passava a esponja nessa história. "Em todo caso, se o senhor Josufus e seus amigos não tivessem visto Antoine Valdès matar esses dois homens no Goungoune Bar, era você que eu ia prender."

"Valdès confessou o crime?", perguntou Stanislas.

"Não vai demorar." Mostrou uma pilha de folhas em cima de sua mesa: "São os testemunhos contra ele. Além disso, foi com a arma dele, uma Manurhin, que os dois homens foram mortos. E também a jovem que estava na sala dele, uma tal de Lust, que você conhece bem", ele disse, levemente irônico. "É verdade que não há impressões digitais na arma, mas não é o primeiro assassino que limpa a arma depois de cometer o crime. A meu ver, isso o incrimina ainda mais."

"Quando o vimos fugir do Goungoune", disse Stanislas, "fomos atrás dele, meus amigos e eu. Ele acreditava que estava se distanciando de nós, dentro de seu BMW, mas o alcançamos diante desse cemitério em Argenteuil. Eu não imaginava que ele pudesse ter feito isso, era um homem em quem tinha plena confiança."

"Eu também, tinha muito estima pelo doutor Valdès", disse Chapireau. "Mas a atração do ganho leva a muitos desvios. Até hoje, eu ignorava a existência desse reconhecimento de dívida, pois Marlaud achou por bem não tocar nesse assunto", ele disse, me lançando um olhar despeitado, "mas agora compreendo tudo. Valdès queria guardar os cem milhões. Depois de matar Lust, foi ao Goungoune Bar para eliminar seus cúmplices."

Stanislas balançou a cabeça com ar de aprovação.

"Se eu não tivesse ido à casa de Valdès, na esperança de que ele tivesse recuperado o reconhecimento de dívida, não teria encontrado o senhor Marlaud amarrado ao lado do cadáver de Lust. Foi o senhor Marlaud que me disse que ele estava no Goungoune. Bem na hora em que eu chegava lá, Valdès estava liquidando Stéphane Robin e o amigo dele."

"Quanto ao reconhecimento de dívida, não estava com eles", disse Chapireau, "pois provavelmente foi destruído durante o incêndio na gráfica. É falso o documento que Lust lhe enviou por fax. Para ela, não foi difícil: era a secretária do senhor Josufus, tinha acesso à assinatura dele e à de Bélial. Tentou sua sorte. O senhor deveria ter vindo me ver, senhor Josufus, isso lhe teria evitado muitos aborrecimentos."

"Tem razão", Stanislas admitiu, "sempre se deve confiar na polícia. Não vou esquecer."

Chapireau aprovou com um aceno de cabeça.

"E Bélial?", perguntei. "Que fim levou?"

Ele deu de ombros.

"Se estivesse em Paris, nós o teríamos achado. A meu ver, está no exterior, não ouviremos mais falar dele."

Nisso, fiel a seu hábito, levantou-se para nos indicar que a conversa estava terminada.

Antes de ir embora, tive uma curiosa impressão. Achei — talvez porque seu escritório estivesse com uma iluminação diferente — que *La fille aux yeux verts* ganhara intensidade e luminosidade. Do quadro emanava uma força que eu não tinha reparado durante minhas visitas anteriores.

Enquanto me cumprimentava, Chapireau disse:

"Soube que você será o presidente da Volksbuch Company, meus parabéns."

"É que não sou dotado para dirigir uma empresa desse porte", interveio Stanislas, parecendo se desculpar. "No fundo, sou apenas um filhinho de papai que joga dinheiro pela janela. Mas estou convencido de que o senhor Marlaud se sairá muito bem."

Não sei se Chapireau estava convencido, mas fez cara de aprovação.

E saímos depois dessas palavras simpáticas.

Lá fora, parecia que a temperatura tinha baixado vários graus. Novamente pensei naquela tragédia que se passava em Tebas. O criminoso fora desmascarado e a peste cessava de castigar a cidade.

A limusine nos esperava na porta da delegacia. Instalei-me com prazer nas poltronas de couro e me servi de um Glenmorangie no bar à minha frente.

"Achei-o bem condescendente", eu disse. "Será que ele de fato acredita no que disse?"

"Chapireau acredita sobretudo na promoção que prometi a ele. Falei dele com o ministro do Interior. É muito raro que um ministro não escute o dono da Volksbuch Company. E, depois, ele é um fino conhecedor de artes e de pintura, e estava felicíssimo porque lhe ofereci o Matisse que imperava no salão de Valdès."

"Você ofereceu a ele *La fille aux yeux verts*! O verdadeiro!"

"Sim, acho que combina muito bem com aquela delegacia. Não concorda?"

Não respondi. A liberdade que ele tomava com os bens de Valdès (como se lhe pertencessem, e Chapireau não se melindrava) me desconcertou. Por um momento não trocamos nenhuma palavra. A limusine subia o bulevar Magenta. Estava bem menos engarrafado que de costume.

"E Valdès?"

"Terminará seus dias na prisão. Isso o incomoda?"

"Não", respondi, "não me incomoda nem um pouco."

Na praça de la République, fomos parados pelo desfile do Primeiro de Maio. Os sindicalistas pareciam felizes com a temperatura mais clemente que lhes permitia fazer a passeata.

"Está vendo, tudo volta ao normal", disse Stanislas. "Resta, porém, uma pequena formalidade a cumprir."

Ele me entregou o reconhecimento de dívida. No momento de apor minha assinatura, fui invadido por uma dúvida.

"Segundo Lazare Cornélius, Nathan tinha a sensação de ter sido passado para trás."

"Ele lhe disse isso? É sem dúvida porque Nathan não soube se contentar com a chance de ser um dos homens mais ricos do planeta. No seu próprio interesse, o senhor deverá se satisfazer com isso."

Ao ouvir essa frase, achei que estava sonhando. Satisfazer-me com isso? Eu, Philippe-Christophe Marlaud, descendente de uma dinastia de fracassados de todo tipo, de pessoas que jamais possuíram nada — a não ser um bazar de quinquilharias comprado em condições duvidosas ou um rebanho de vacas com febre aftosa —, eu, que tinha conhecido um início de riqueza, que tinha me deslocado de limusine na companhia de uma mulher como Lust, que tinha comprado dois ternos Smalto e um Cerruti, que tinha jantado no La Table d'Anvers, eu, que aspirava a levar uma vida de milionário, eu tinha que me contentar em ser um dos homens mais ricos do planeta!

Quando o último sindicalista deixou a praça de la République, o carro recomeçou a andar. E novamente fez-se silêncio entre nós. Chegando à rotatória dos Champs-Elysées, Stanislas mandou o motorista parar.

"Deixo-o aqui", ele disse. "Então, o que decide?"

"Passe-me uma caneta."

Ele me entregou uma Bic. Com a mão firme, rubriquei cada página do documento e pus minha assinatura embaixo.

"Não lhe ofereço uma cópia. O senhor sabe que não morrerei antes."

"E quando eu morrer, o que acontecerá comigo?"

"Pouca coisa, irá para o inferno. Não é nenhum bicho-de-sete-cabeças, o senhor vai ver. E, depois, o seu contrato é renovável a cada vinte e quatro anos."

"Indefinidamente?"

"Não necessariamente. Depende do humor do diabo, e posso interceder para que ele renove o seu contrato pelo menos uma vez. Assim terá bastante tempo de aproveitar a vida."

Deu um curioso sorriso, enquanto verificava o documento que eu acabara de assinar.

"Já não era sem tempo", ele disse guardando-o no bolso interno do paletó. Depois me entregou um pequeno estojo de veludo preto: "Para selar nosso acordo, é uma tradição".

Abri o estojo, que continha um alfinete de gravata em cujo centro havia uma espécie de brasão que representava uma serpente verde enrolada sobre si mesma.

"Encomendei um jogo na Cartier: abotoaduras e anel de brasão, outros anéis, clipes, pingentes, brincos e colares para suas amantes. É muito bonito." E como eu contemplasse a jóia sem ter nada a dizer, ele acrescentou: "Já nos dissemos tudo, senhor Marlaud, só me resta desejar-lhe boa sorte. Vamos nos reencontrar em 2024. Daqui até lá, não hesite em me chamar se tiver algum problema". Ele ia sair da limusine, quando acrescentou: "Tome cuidado com seu amigo Sarzosky; nomeei-o diretor de comunicação social, na Volksbuch".

"Fez muito bem; qual é o problema?"

"Trata-se de um jornalista. Ele sabe muito, mais dia menos dia quererá falar, e será necessário fazê-lo se calar."

Não respondi. Essa perspectiva não me encantava, mas levantou uma questão em minha mente.

"Eu tinha um tio que era o responsável pelas certidões no cartório de Neuilly. Foi ele que registrou a morte de Stanislas-

Euphorion. Pouco depois, o encontraram com uma navalha no coração, como Cornélius. Está a par disso?"

"Estou. Nathan tinha oferecido a ele um bom dinheiro para não registrar essa morte. Isso me permitiria passar por filho dele, e ninguém desconfiaria de nada. Não só o seu tio não cumpriu o compromisso, como pediu mais. Então, convocamos Stéphane Robin."

Não senti a menor pena do tio Anatole, pois ele bem que procurou. Pensei que tia Mathilde sabia da história.

"Existe alguma relação entre essa... eliminação e o fato de você ter me contratado como detetive?"

A pergunta pareceu diverti-lo.

"Claro! O seu tio reivindicava ter o mesmo nome do dramaturgo inglês Christopher Marlowe, o senhor sabe, aquele que escreveu *A trágica história do dr. Johann Faustus*. Mais tarde, quando eu soube que o senhor também era um Marlaud, e além do mais detetive particular, a coincidência era bonita demais, então..."

"Johann Faustus!", eu o interrompi, invadido por uma súbita iluminação. "Nathan Josufus não seria o anagrama de Johann Faustus?"

"É possível, já ouvi isso."

"E você, seria uma espécie de Mefistófeles?"

"Não gosto desse nome", ele disse bruscamente.

E, dando-me as costas, afastou-se.

Olhei-o perder-se na multidão. Parecia ter envelhecido de repente várias dezenas de anos. No fundo, era um bom sujeito. Trabalhava para o diabo. Pesando os prós e os contras, não era pior do que trabalhar para Bill Gates ou Jean-Luc Lagardère.

Depois pedi ao motorista que me levasse à rua François-Ier.

35

Embora estivéssemos no Primeiro de Maio, os funcionários da Volksbuch vieram me receber.
Um imenso bufê fora montado no hall. Tudo o que a riqueza comportava de mau gosto estava concentrado naquela festa em minha homenagem.
Eu, o novo patrão da Volksbuch.
O bufê quase desabava sob os *magnum* de champanhe Dom Perignon, caviar de beluga e, delicada atenção, garrafas de Glenmorangie. Voavam confetes por todo lado, as funcionárias me mimavam com olhares, os subalternos rivalizavam em matéria de obséquios, e os guarda-costas *já estavam prontos* para ser crivados de balas para me salvar.
"BOAS-VINDAS AO NOSSO NOVO PATRÃO", estava escrito numa imensa bandeirola estendida no hall, e num estrado uma orquestra cigana contribuía para criar um ambiente festivo dos diabos.
Era Félix quem tudo orquestrava. Era preciso reconhecer que ele tinha se esmerado. Nunca o vira assim, ele não levou muito tempo para assimilar o espírito da casa: seu smoking escuro Yves Saint-Laurent lhe dava ares de novo-rico, algo muito em moda na Volksbuch. Ares do novo-rico que queria ser mais rico ainda. E, como se isso não bastasse para realçar sua importância, dava ordens a todo mundo — ordens a torto e a direito — num tom que não admitia contestação. Sentia-se que isso o deixava feliz. Num canto do hall estavam a imprensa e os fotógrafos das revistas de celebridades, que só

esperavam um sinal dele para imortalizar aquele acontecimento para a posteridade.

Ao ver Félix assim, nadando em felicidade, pensei que Stanislas tinha razão, *ele começava a ocupar um pouco de espaço demais*.

Portanto, mais cedo ou mais tarde seria preciso dar cabo dele.

Mas ainda não estávamos nesse ponto. Atrás de Félix havia uma morena muito bonita, alta, elegante, com uma classe fantástica. Capaz de me fazer esquecer Lust e sua correntinha de ouro no tornozelo. Pensei que era uma dessas mulheres sofisticadíssimas com quem eu já me via brilhando e dando o que falar. Uma mulher cujo olhar só pousava nos homens que valiam a pena.

E, justamente, pelo olhar que me deu, compreendi que eu era um deles.

Eu era o Manipulador.

SÉRIE POLICIAL

Réquiem caribenho
　　　Brigitte Aubert

Bellini e a esfinge
Bellini e o demônio
Bellini e os espíritos
　　　Tony Bellotto

Os pecados dos pais
O ladrão que estudava Espinosa
Punhalada no escuro
O ladrão que pintava como Mondrian
Uma longa fila de homens mortos
Bilhete para o cemitério
O ladrão que achava que era Bogart
Quando nosso boteco fecha as portas
　　　Lawrence Block

O destino bate à sua porta
Indenização em dobro
　　　James M. Cain

Post-mortem
Corpo de delito
Restos mortais
Desumano e degradante
Lavoura de corpos
Cemitério de indigentes
Causa mortis
Contágio criminoso
Foco incial
Alerta negro
A última delegacia
Mosca-varejeira
　　　Patricia Cornwell

Edições perigosas
Impressões e provas
A promessa do livreiro
　　　John Dunning

Máscaras
Passado perfeito
　　　Leonardo Padura Fuentes

Tão pura, tão boa
Correntezas
　　　Frances Fyfield

O silêncio da chuva
Achados e perdidos
Vento sudoeste
Uma janela em Copacabana
Perseguido
Berenice procura
Espinosa sem saída
　　　Luiz Alfredo Garcia-Roza

Neutralidade suspeita
A noite do professor
Transferência mortal
Um lugar entre os vivos
O manipulador
　　　Jean-Pierre Gattégno

Continental Op
　　　Dashiell Hammett

O talentoso Ripley
Ripley subterrâneo
O jogo de Ripley
Ripley debaixo d'água
O garoto que seguiu Ripley
　　　Patricia Highsmith

Sala dos Homicídios
Morte no seminário
Uma certa justiça
Pecado original
A torre negra
Morte de um perito
O enigma de Sally
O farol
　　　P. D. James

Música fúnebre
　　　Morag Joss

Sexta-feira o rabino acordou tarde
Sábado o rabino passou fome
Domingo o rabino ficou em casa
Segunda-feira o rabino viajou
O dia em que o rabino foi embora
    Harry Kemelman

Um drink antes da guerra
Apelo às trevas
Sagrado
Gone, baby, gone
Sobre meninos e lobos
Paciente 67
Dança da chuva
Coronado
    Dennis Lehane

Morte em terra estrangeira
Morte no Teatro La Fenice
Vestido para morrer
    Donna Leon

A tragédia Blackwell
    Ross Macdonald

É sempre noite
    Léo Malet

Assassinos sem rosto
Os cães de Riga
A leoa branca
O homem que sorria
    Henning Mankell

Os mares do Sul
O labirinto grego
O quinteto de Buenos Aires
O homem da minha vida
A Rosa de Alexandria
Milênio
    Manuel Vázquez Montalbán

O diabo vestia azul
    Walter Mosley

Informações sobre a vítima
Vida pregressa
    Joaquim Nogueira

Revolução difícil
Preto no branco
    George Pelecanos

Morte nos búzios
    Reginaldo Prandi

Questão de sangue
    Ian Rankin

A morte também freqüenta o Paraíso
Colóquio mortal
    Lev Raphael

O clube filosófico dominical
    Alexander McCall Smith

Serpente
A confraria do medo
A caixa vermelha
Cozinheiros demais
Milionários demais
Mulheres demais
Ser canalha
Aranhas de ouro
Clientes demais
    Rex Stout

Fuja logo e demore para voltar
O homem do avesso
O homem dos círculos azuis
    Fred Vargas

A noiva estava de preto
Casei-me com um morto
A dama fantasma
    Cornell Woolrich

ESTA OBRA FOI COMPOSTA PELA SPRESS EM GARAMOND E IMPRESSA PELA
GEOGRÁFICA EM OFSETE SOBRE PAPEL PAPERFECT DA SUZANO PAPEL E
CELULOSE PARA A EDITORA SCHWARCZ EM JUNHO DE 2007